あゆみ

坂井ひろ子

解放出版社

装画◉中川洋典

もくじ

1——父が帰ってきた日

大東亜戦争《だいとうあ》が終わって最初の春がくる。風にほんの少しぬくもりが感じられる。あたたかいことはこんなにうれしいことだったんだ。もうすぐ田畑のあぜ道に小さな花が咲《さ》きはじめる。ああ、桜が早く咲《さ》かないかな。

お父《とう》さんは南の国ボルネオ（現カリマンタン）からいつ帰ってくるんだろ。

お母《かあ》さんは開墾《かいこん》に行った日には、つかれた顔をして、小さなため息をつく。

がらんとしていまはだれもいない石だたみの参道に、春は夢のような桜のトンネルができ、人があふれる別世界になるんだ。もう、妹の伸江《のぶえ》が「寒ーい、さみいよーお」と鳥肌《とりはだ》立てて泣くことはない。妹が泣いたらしっかり抱《だ》いて、手をセーターの中に入れてやる。すると「腹《はら》減ったあ、なんかちょうだい」とあまえた小声で訴える。

学校の行き帰りは、冬中、身を切るような冷たい風が体のあちこちから忍《しの》びこんできて、ときには歯をがちがち鳴らし、こぶしを握《にぎ》りしめ、胸《むね》を抱《だ》きかかえるようにして歩きながら冬を過ごした。もう、洗濯《せんたく》した粗末《そまつ》な木綿《もめん》の下着やタオルがビーンと凍《こお》ることもない。吹雪《ふぶき》も、思い出したように一〇日に一度くらい、はらりと雪を舞《ま》わせるくらいだ。

あゆみは、冬が終わりそうになったいまになってやっと気がつき、実行しはじめたことがある。ごく当たり前のことで、人にもいえないようなことだけれども、歯が鳴るほど寒いときは働くに限る。体を思いっきり動かせばいいのだ。つまり、思いっきり働けばいい。山にたきものをとりに行けばいいし、畑打《はたう》ちを手がなえるほどすれば体は温かくなる。そうだよ、家の裏《うら》に畑をつくろう、種《たね》をまくんだ。

このごろできた学級文庫の本を、いちばん先にぜんぶ読んでしまおうなんて思わずに、冬のあいだに畑の向こうに穴《あな》を掘《ほ》り、肥《こ》やしをためておかなければ。

そうだ、となりの了乗坊《りょうじょうぼう》にも下肥《しもごえ》をもらいに行こう。もうすぐ六年生にもなろうかというときになって、家の中をあたたかくすれば家族みんながうれしいことを実感するなんて。寒さにふるえるなら、自分から友達をさそって、いいえ一人ででも、近くの山にたきものをとりに走ればいいのだ。村のまわりはみんな山、一時間でもどってこられるのに。お母《かあ》さんばかりをあてにしている。

山の坂道を速足で歩くと、体はホカホカしてくる。ちょっと山に入ればどこにでも落ちている杉《すぎ》の葉を、麻袋《あさぶくろ》に足でぎゅうぎゅう押《お》しこんでひっかつぎ、片方《かたほう》のわきの下に、落ちている一〇本ばかりの杉枝《すぎえだ》をかいこんでもどってくる。三日分のたきつけにはなるし、友達も家族も喜ぶ。こんなことはもっと早く自覚して、毎日でも山に行くべきだった。あたしはなんと役に立たない人間だったろう。

たきものがたくさんあって、夕《ゆう》ご飯《はん》の前に小さな炉《ろ》に火をたきはじめると、家族がほっとする。いや、あゆみが炉《ろ》に火を入れると、お母《かあ》さんがハアーと安心したような大きな息をして、両肩《りょうかた》をポトリと落とす。夜は少したくだけで部屋の中がすぐにあたたかくなる。しかし、これも実感したことだが、困《こま》ったことに、働くと腹《はら》が減る。冬の終わりの山に食べるものなど何もない。木の根に残る雪を固めて口にほうりこむ。こんな日をくり返して、家族のために自分ができる大事な仕事があることが、ある日突然《とつぜん》、ひらめくようにわかったのだ。

しかし、山はすごいと思う。春夏秋と季節が変わるたびに、食糧難《しょくりょうなん》にあえぐあゆみたち一家にさまざまな恵《めぐ》みをもたらしてくれる。タケノコにフキノトウ、ワラビ、ゼンマイ、ツクシ、ダラの芽、グミにイチゴにミソッチュ（ブルーベリーに似た木の実）、秋になればクリ、カキ、ヤマイモ、ムカゴ、キノコなど、きりがないほど山の神様は恵《めぐ》みをくださる。これらすべて、あゆみが五年生になって、友達にさそわれて山に入るようになってわかったことだった。

戦争が終わる一年前に、あゆみたちは博多《はかた》から、母の実家があるこの英彦山《ひこさん》の中腹《ちゅうふく》の村に疎開《そかい》してきた。博多《はかた》の家の近くには飛行場があり、爆撃《ばくげき》のうわさはいつもあって、今日か明日かとなると、母は一人で三人の子どもを守るのはむつかしいと考えたのだろう。

父はボルネオ島に派遣《はけん》されていた。軍人ではなく文官だそうで、司政官《しせいかん》として島で学校や道路や病院をつくっているということだった。

敗戦になって半年あまり過ぎたが、父の消息はわからないまま。以前きたハガキのとおりに元気でいるにちがいないと信じて、ひたすら帰りを待ちわびる毎日だった。

英彦山《ひこさん》は、福岡《ふくおか》県と大分《おおいた》県の境にある山で、おばあちゃんによると、大昔から山岳宗教《さんがくしゅうきょう》の聖地《せいち》とか。母の実家も昔は「了乗坊《りょうじょうぼう》さん」と呼《よ》ばれた宿坊《しゅくぼう》だったらしく、部屋の数は一二もある。

その母屋《おもや》には伯父《おじ》たちが住むというので、あゆみたち一家四人は了乗坊《りょうじょうぼう》の裏《うら》のはなれに住んでいる。

山のふもとの「銅《かね》の鳥居《とりい》」から一キロあまり、上りの石だたみの参道があり、参道のつきるところに英彦山《ひこさん》神社がある。了乗坊《りょうじょうぼう》はその参道の中腹《ちゅうふく》あたりにあった。

幼《おさな》いころ、英彦山《ひこさん》に遊びにきたとき、「やんぶっさん（山伏《やまぶし》さん）」といわれる人たちが独特の装束《しょうぞく》を着け、三〇人も四〇人もが、いかめしい顔つきで参道を上っていき、大きなほら貝をブオー、ブオーと吹《ふ》き鳴《な》らして、勇ましかった。これから峰《みね》入り行事というものをして、深い山に入り、むつかしい修行《しゅぎょう》などするのだと近所の人たちが話していた。あゆみたちが疎開《そかい》してきてからは、そんな人たちはまだ一度も見かけていないけれど。

しかし、このごろになって、農閑期《のうかんき》には山向こうの村からお百姓《ひゃくしょう》さんの団体がいくつも神社の奉幣殿《ほうへいでん》にお参りにくる。コメや野菜をどっさり持ってきて了乗坊《りょうじょうぼう》に泊《と》まり、夜は決まってお酒を飲み、宴会《えんかい》をする。そして神主《かんぬし》さんのおはらいを受けた五穀豊穣《ごこくほうじょう》を願うお札《ふだ》と、英《ひ》彦山《こさん》ガラガラといわれる土鈴《どれい》を、村の戸数だけ買って帰る。そんなときは、おばあちゃんがたすきがけで女衆《おんなしゅう》を指図し、あゆみもお母《かあ》さんも夜おそくまで手伝う。これが了乗坊《りょうじょうぼう》の大切な収入《しゅうにゅう》のようだ。

あゆみはときどき運動場に遊びに行った。この英彦山《ひこさん》でいちばん広い場所が英彦山《ひこさん》小学校の運動場である。学校の近くの子どもたちは、一度学校から帰ると、ほとんどがまた遊びに運動場にもどってくる。いつもだれかが遊んでいて、いっしょに遊ぶ仲間がいる。

運動場には、すみに鉄棒《てつぼう》が三つ並《なら》んでいるだけだ。いちばんはしにある高鉄棒《こうてつぼう》は高さが二メートル以上あると思う。ときどき担任《たんにん》の田口《たぐち》先生が、エイッとかけ声をかけてぶら下がる。体をゆするだけだ。あゆみが見上げるような高さの鉄棒《てつぼう》を自由にこなしている生徒がいるらしい。このあいだ一回だけ見た。中学生のようだった。

あゆみたちはその横にある真ん中のを使う。足かけ上がりや逆上《さかあ》がり、エビ上がりもやれる。小さい鉄棒《てつぼう》は多くの一、二年生が使うので順番待ちだ。

真ん中のが空いていたので、あゆみはヤッと声を出して地面をけり、逆上《さかあ》がりをした。

「うわあ、うまいっちゃ」

後ろのほうから声がかかった。見知らない女の子が立っている。

「あらっ、奉幣殿《ほうへいでん》にお参り？　それとも転校生？」

「転校してきたんよ、三学期になってから」

「ふーん、きたばかりなのねえ。知らないはずだ、どこからきたの」

「飯塚《いいづか》から……」

「ふーん、そうなん。あたしも転校生よ、戦争中だったけどね。博多《はかた》から疎開《そかい》して」

「わあ、ほんとに。転校生と転校生だあ！」

女の子は、体がぶつかるほど近くに走り寄ってきた。

聞くと、四年生で名前は金本朝子《かねもとあさこ》、あんちゃんは中学一年生という。

「あたし、あゆみっていうの。ここにおったらね、いっぱい友達が遊びにくるからね」

あゆみが元気づけるようにいうと、「友達はだれも遊びに入れてくれんのよう！　チョウセンちいうて」と悲しそうな顔。

「だいじょうぶやけん、すぐなれるよ」

うん……と、心細そうにうなずいて下を向いている。

「朝子《あさこ》ちゃん、あたしと遊ぼうか」

「えっ、遊んでくれるん、いつ？」

「いまよ、ケンケンパしよう」

あゆみは地面に直径五〇センチほどの丸を縦横《たてよこ》にたくさん描《か》いた。

「いい、こうやるのよ。線をふまないように、ケンケンケンパ、ケンケンケンケンパ。ここで反対向きに体をぐるっと回して、ケンケンケンと片足《かたあし》とびで元にもどってくるんよ。朝子《あさこ》ちゃん、できるかなあ、やってみて」

朝子《あさこ》は小さいけれど身軽で、ぴょんぴょんはねて、とぶのもなかなかうまい。

二人は自分の好きな平べったい石をさがしてきて、これをテシといって、一回ケンケンが終わるごとに次々に丸の中にほうる。二人はケンケンケンパと大きな声を合わせた。

近くの丸にはうまくテシが入るが、最後のパは遠いので、二人ともなかなか入らない。交代で入れっこになる。うまく入ると上がりで、うわーい、やったあ、となる。

「あ、あんちゃんだぁ」

朝子《あさこ》がさけんだ。校門のそばの松の木の下から、何となく間の悪そうな感じで、黒い学生服の中学生が運動場に入ってきた。

「あんちゃん、今日は早いんやねえ」

「ああ。今日はクラブ活動ないんよ。朝子《あさこ》はもう友達できたんか、よかったな」

「うん、あゆみちゃんていうんよ。あゆみちゃんも転校生じゃって」

「ふーん。なあ、こっちの高いの、使《つこ》うていいかな」

高鉄棒《こうてつぼう》を指してなんだかひかえめにいうので、「はい、どうぞ」と、あゆみははりきって答えた。あんちゃんは黒い上着をぬぎ、朝子《あさこ》の肩《かた》にのせたかと思うと、手足をぐいぐいと動かしていたが、あっという間に高鉄棒《こうてつぼう》に飛びついた。飛びついたとたんに体を大きくふり、宙《ちゅう》をけって、くるりと鉄棒《てつぼう》に上がった。くるりくるりと前に二回転して、とんと下りた。何という速さ、身軽さだ。背《せ》の高い人だ。

「あんちゃん、あれやって。ホラ、両足を真上に伸《の》ばして、ぐるっと回るやつ」

「あれはまだ、一回しかできんもんな」

「うん、いい、いい」

あんちゃんは困《こま》ったような顔でちょっと笑って、また鉄棒《てつぼう》に飛びついた。強くけって、体を大きくふる。どんどんふりが大きくなり、あっと思ったときは高鉄棒《こうてつぼう》の上で足を高々と伸《の》ばし、逆立ちになっていた。

「あーっ、すごいっ」。胸《むね》の中でさけんだだけで声も出ないうちに、大きく一回転して、あんちゃんの二本の学生服の黒い脚《あし》は、高鉄棒《こうてつぼう》より一メートルほど先の地面にピタリとついていた。

「すばらしいです。ほんとに……はじめて見ました」

あゆみは胸《むね》をドキドキさせてさけんでいた。

「これぐらいはふつうたい。三年生には五回転やれる人もおるよ。おれはこれから練習するところ、大車輪ちゅうてな」

「大車輪……体が上にまっすぐで美しい形で、すごいです」

「うん、今日のはうまいことといったような気がする。いつもは両足がはなれたとか着地でころげたりして、かっこう悪いち、体育の先生にしからるっとよ」

「あんね、大車輪ができるんは、中学一年生じゃ、あんちゃんだけじゃってよ」

「そうやろうねえ、すごいもん。また練習されるとき、見せてください」

「いやあ、そんなん……」

朝子《あさこ》の兄は、照れくさそうに下を向いていた。

その後、あんちゃんの大車輪が見事だったことを思い出すことはあったが、見る機会はなかなかこなかった。

突然《とつぜん》、あゆみの父がボルネオから帰ってきたのだ。それも、石だたみの坂道を自力では上れなかったようで、戸板に乗せられ、了乗坊《りょうじょうぼう》の玄関《げんかん》にたどり着いたのだった。

母とあゆみが、はなれから走ってきて、息をのんだ。

「ああ、あなた、どうしたの。あなた、どこが悪いの！」

母が手をとり、片手《かたて》を背中《せなか》に回して助け起こそうとしたとき、父が母の手を制した。

「胸《むね》の病気だ、肺結核《はいけっかく》。肺結核《はいけっかく》はうつる病気だ、さわらんほうがいい。体もよごれとるし、手も洗《あら》ってはおらん」

「何いうんですか、あなた。さ、さあ部屋に行きましょう。はなれですよ」

母はひざまずいて父の腕《うで》をつかみ、自分の首に回し、抱《かか》え起こした。そばにいたあゆみが反対側の手をとり、同じようにして父の体を支えた。三人はよろよろしながら母屋《おもや》の裏口《うらぐち》からはなれに向かった。

「あなた、お帰りなさい。よく帰ってきてくださいましたねえ」

母屋《おもや》を出ると、母が父の体をぎゅっと抱《だ》きしめた。

「すまん……」

父がかすれ声をしぼりだした。

「お父《とう》さん、お帰りなさい」

目の下は黒くへこみ、両頬《りょうほお》はそげ、おどろくほどやせ細った父だった。

「お、おまえ、房江《ふさえ》かな」

「あたし、あゆみよ、お父《とう》さん。房江姉《ふさえねえ》さんは女学校の寄宿舎」

「あゆみか、そうか、あゆみか。大きゅうなったもんだな」

「お父《とう》さん、もっとあたしに寄っかかっていいよ」

あゆみは、母の食いしばった唇《くちびる》に涙《なみだ》が流れ落ちるのを見ながら、足をふんばった。

母ははなれの小さな五右衛門風呂《ごえもんぶろ》をわかして父を入れ、風呂《ふろ》の中で父の体をこすった。頭も洗《あら》った。父は目をつぶって、されるままになっている。風呂《ふろ》によごれがいっぱい浮《う》いた。

「かかり湯がいるね、お母《かあ》さん」

「うん、たのむわ」

あゆみは井戸《いど》で水をくんで大なべに入れ、かまどをどんどん燃やして沸騰《ふっとう》させ、バケツに移してうすめてから、両手で風呂場《ふろば》に運んだ。

「シーツ、どれでもいいから持ってきて」

「はーいっ」

とりあえず自分のシーツを風呂場《ふろば》に持っていく。

父を風呂《ふろ》からひっぱりあげ、バケツの湯をざーっ、ざーっと肩《かた》からかけると、あゆみのシーツでぐるぐる巻《ま》く。母は着ていた綿入れの上っ張りをぬいで、その上から父に着せた。

「カゼひかせたら大変だからね」

急いで居間に運び、炉《ろ》の横に寝《ね》かせ、あゆみが火を入れた。母は奥《おく》の大きいタンスをがさがささせていたが、父の冬の下着やねまきをひとかかえ持ってきた。シーツをはぎとりながら、次々にシャツや下着を着せ、毛糸の中着の上からねまきを着せた。

「気分はいかがですか」

「ああ、体が軽くなって、すがすがしい気分だ、ありがとう……。わたしは帰ってきたんだな、うちに」

父が目を開けて、じっと母を見た。

「はい。お待ちしておりました。ようこそお帰りなさいませ」

母がていねいに両手をついて、あいさつをした。

父の部屋はお座敷《ざしき》の奥《おく》の三畳間《さんじょうま》に決めて、母だけが入る、子どもが入ってはいけないことにした。病気がうつって死んでしまうからという。

「お部屋に入っても死なんよう」

妹の伸江《のぶえ》が反対した。幼《おさな》いころ、父のあぐらの中にすっぽり入って、何か食べさせてもらったり、お話をしてもらったりしたのを思い出すのだろう。絶対ダメと母がきつくいう。

「お母《かあ》さんのいうことを聞くんだ、伸江《のぶえ》。部屋への出入りはわたしが断る」

伸江《のぶえ》がいまにも泣きそうな顔になった。

その日の夕方、母とあゆみは三畳《さんじょう》をすみずみまでそうじした。たたみもふきあげた。ガラス戸もピカピカにみがいた。裏《うら》の家や畑、遠くの山までよく見える。そこに父のふとんをしいた。

「明日の晩《ばん》はお祝いをしましょう。ごちそうつくるからね。お父《とう》さんといっしょにみんなで食べよう。でも、あさってからはわたしだけがお父《とう》さんの部屋にお膳《ぜん》を運びます。三畳間《さんじょうま》の外に消毒液の入った金《かな》ダライを置くから、お父《とう》さんやお父《とう》さんの物にさわったら必ず手を洗《あら》うこと」

「そこまでせんでもいいよ、お母《かあ》さんったら……」

「いいえ、あゆみも絶対に守ってもらいます」

母が決然として言い放った。

次の日、晩《ばん》ご飯《はん》にアズキがゆをつくるといって、母はとっておきのアズキを一合、朝から水につけた。村で一軒《いっけん》しかない小店に買い物に行くというので、あゆみもついていった。いつものイワシではなく、塩ものだけどサバを買うという。それにとうふと大根。近ごろ、トロ箱で塩サバが入ると聞いたのだそうだ。

「お父《とう》さんはね、サバの塩焼きに大根おろしを山盛《やまも》りつけて、ゆずの酢《す》じょうゆをたらして食べるのがお好きなのよ」

「ふーん、からいよねえ、大根おろし」

「それがおいしいのよ、も少し大きくなったら、あゆみもわかるでしょ」

店には、筒袖《つつそで》のよごれた上っ張りに髪《かみ》の毛《け》がぼうぼうと垂《た》れたおばさんがいて、サバを買いにきたというと、「特別注文品じゃけん、ちょいと高いよ」といいながら、一匹《いっぴき》丸ごと奥《おく》から出してきてくれた。次は大根だ。

「あ、お母《かあ》さん、こっちの大根のほうが大きいよ」

あゆみが母とは別の大根を持ち上げた。するとおばさんが、

「ちょっと、じょうちゃん、店の物にさわらんでよ」

「えっ、選んじゃいけないの、こんなにたくさんあるのに？」

「お宅《たく》のだんなさん、帰ってきなさったってねえ、肺病《はいびょう》ち聞いたんじゃけど、ほんとう？」

「ま、まああ……、もうご存《ぞん》じなんですか。……早耳なんですねえ」

「おばさん、あたしもお母《かあ》さんも元気よ。お父《とう》さんは病気だけど、部屋は別間なんよ、消毒液もちゃーんと用意しとるし」

「なんでん知っとかにゃあ、商売はされんたい。あの病気はうつるからねえ。あんたたちゃ知らんやろけど、英彦山《ひこさん》に胸《むね》の病気で養生《ようじょう》にきとった人はよーけおるんよ。神社の裏道《うらみち》を下ったところに、敏海《としみ》っち家があってね。義人《よしと》ち一人むすこで大事にされとったが、徴用《ちょうよう》で大刀洗《たちあらい》の飛行場づくりにとられてさ、一年あまりのうちに肺病《はいびょう》でもどってきたんよ。両親が、そりゃあもう下にも置かんように看病《かんびょう》しよったけんどねえ。まず母親にうつって、半年もせん

うちに父親がやられた、そして本人と。去年は三回もお弔《とむら》いしたんよ、こっそりとね」

「こっそりとですって？　お気の毒に。義人《よしと》さんは、お国のために働いて病気になったんでしょうに。あゆみ、帰りましょう。なにもここで買わなくたって、駅の近くに行けば……」

「ちょっと、おくさん。サバと大根、買《こ》うてもらわにゃ困《こま》るよ、ほかの人には売られんが」

「どうして売られないんです」

「だんなさんにさわったやろうもん、おくさん。ふっふっふふふ。バイキンがいっぱいじゃが」

「何をいうんですか、失礼な、もうあきれたっ」

母はおばさんを無視《むし》して、どかどか店を出ていった。

「お母《かあ》さん……ちょっと待って、お母《かあ》さんったら、……買おうよ、おこるよりごちそう」

あゆみは母のあとを追って店を出ると、母の買い物かごから財布《さいふ》を取り出し、店にもどった。

今夜お祝いをするには、ここで買うしかないのだ。駅の近くの店までは、行くだけでも一時間以上かかる。

「さっきのサバと大根、買います」

「そうかね」

おばさんは不機嫌《ふきげん》な顔をちょっとなごませ、古新聞につつんで品物を差し出した。あたしは手もちゃーんと洗《あら》ってますからねと、あゆみはわざと明るくいって、手をふった。

夜、父が三畳間《さんじょうま》から起きてくる。房江姉《ふさえねえ》さんが終《しゅう》バスで寄宿舎から帰ってきて、居間は一《いち》段《だん》とにぎやかになった。

「うわあっ、帰ってきたんだぁ、お父《とう》さん。……ね、ね、あたし美人になったと思わない」というのが房江姉《ふさえねえ》さんの父への第一声。

「うむ、むすめ盛《ざか》りなんだな、おまえは。よしよし、じょうもんさんだ。あんまり近づくな、肺病《はいびょう》がうつるぞ。部屋への出入りも禁止だ」

「はーい、わかりましたぁ」

その日の夕《ゆう》ご飯《はん》はごちそうだった。

ふっくらと煮《に》えたアズキがたくさん入ったアズキがゆ、大根おろしをたっぷりつけた塩サバの焼き物、とうふのみそ汁《しる》、大根葉のおひたし、つけもの、おまけに干《ほ》し柿《がき》のデザートまでついた。

まず、お父《とう》さんが飯台《はんだい》を見て、「ほおっ、これはこれは」と、おどろきの声を上げる。そして新しい皿にはしをつけるたびに、おうーと声を上げ、味わって、ああ、うまいなあとくりかえした。お母《かあ》さんは黙《だま》ってうなずく。子どもたちはうれしい顔を見合わせた。

ご飯《はん》が終わったころ、母屋《おもや》からおばあちゃんがやってきた。母の実母だ。

「おっ、こりゃあ義母《おかあ》さん。まだあいさつにもうかがいませず、申《もう》し訳《わけ》ありません。昨日、やっと帰ってまいりました。のちほどごあいさつに行こうと思っていたところです。家族ともどもお世話になります」

お父《とう》さんがおはしを置き、おばあちゃんの足元にきっちりと座《すわ》りなおして両手をつき、頭を下げた。

「いいやいや、あいさつなんぞ、どうでもいいが。大事な話があるからね、みんなのご飯《はん》がすんでから、ゆっくり話そうかねえ」

晩《ばん》ご飯《はん》の時間はたちまちおしまいになり、房江姉《ふさえねえ》さんとあゆみが茶わんを流しに運んだ。

「高次《たかつぐ》さん、よう帰っておいでましたね、昨日は何事かとびっくりさせられました。病気でなけりゃ、なんぼよかろうか、ほんにねえ」

「申《もう》し訳《わけ》のないことです」

お父《とう》さんがまた頭を下げる。

「戸板に乗せたの、あれは引揚援護局《ひきあげえんごきょく》の命令でしょうか。軍令部はもうないわよね。家まで送《おく》り届《とど》けるようにっていう。あなた、もうお部屋に行ったらどう、つかれるでしょう」

「ちょっと待っておくれ。いまから話があるから」

おばあちゃんは、母が出したお茶を一口飲んでから、母に向かい合った。

「あのね、いま、うちは了乗坊《りょうじょうぼう》さんちいわれとるけどね、やんぶっさんがおらんから、一般《いっぱん》の登山客やらお参りにきた人やらを泊《と》めて、どうにかやっとるんじゃが。だから、正式に旅館の届《とど》けを出すようにと、役場からも保健所からもいうてきとるんよ。保健所の検査はきびしいそうな。台所とか便所とか、お客さんの部屋との関係なんかもいろいろとね。大工さんを入れんならんかもしれん」

「そうでしょうね。きちんとした旅館の規格があると思うよ」

母がうなずいた。

「それともうひとつ。少し前に手紙がきとってね。呉《くれ》におる義光《よしみつ》がよ、一家で英彦山《ひこさん》に帰ろうかちいいよるんよ」

「えーっ、お兄さんが？　佐世保《させぼ》あたりにいい仕事がありそうって聞いてたけど」

「それがダメになったらしいよ。入社予定の会社の社長がむすこに代わったそうで。若《わか》い社長がね、海軍のえらいさんは……って二の足をふんだらしい」

「そーう。海軍兵学校出の大佐殿《たいさどの》も、世の中変わって、お手上げなんでしょ。もどってくるのね」

「ああ、そうなんよ。それもあってね、いいにくいけど、このはなれを空けてほしいんよ」

「えーっ、ここを？　空けろって？　そんなことよくいうね、お母《かあ》さん……、高次《たかつぐ》さんが帰ってきて、今夜はお祝いのつもりなんよ。昨日帰ってきたばっかりなのに、追い出そうなんて」

口の両側にひげをはね上げ、軍刀を持ったいかめしい感じの伯父《おじ》さんの写真が、おばあちゃんのところには何枚《なんまい》もある。あゆみは会ったことがないせいか、あの人がここに帰ってくるといわれても現実感がない。義光伯父《よしみつおじ》は母の長兄《ちょうけい》にあたる。

あたしたちはここに住むことはできないらしい。父の病気のせいだろうか。

「肺病《はいびょう》の人が家におったら、保健所の検査は通らんじゃろう」

「そんなことはないと思う。同じ屋根の下じゃないし、ろうか続きでもない。道の敷石《しきいし》は続いとるけど、母屋《おもや》とここのあいだには、納屋《なや》もあるし、大きな木も二本あるじゃないの」

母の顔色が変わり、鋭《するど》い目でおばあちゃんをにらんだ。

あゆみの胸《むね》の動悸《どうき》が早くなる。

「義光《よしみつ》は了乗坊《りょうじょうぼう》の、本家の跡取《あとと》りじゃけんね。ここに帰ってくるのは当たり前たい」

「まああきれた、お兄さんに旅館の主人が務まると思うの。女中やら副官やらにかしずかれとった人たちが。義姉《ねえ》さんにしても、お客さんの相手をしながら料理つくったり、茶わん洗《あら》ったりできるわけないでしょうが」

「ま、人をやとうてでも何とかしてやっていかにゃ……」

「それで、あたしたちはどこに行けっていうのよ、お母《かあ》さん」

「二軒《にけん》ばかり空き家はあるよ。ちいっと下ったところにひとつと、鳥居《とりい》のところにも空き家がある」

「へーえ、もう見当つけとるわけ。ほんとうに追い出すつもりね。やっと家にたどり着いた人の前で、よくそういうこといえるね、お母《かあ》さんは」

「肺病《はいびょう》は、やっぱおそろしいからねえ」

「小店のおばさんも品物にさわるなとかいったりして、なんてバカかと思ったけど、お母《かあ》さんも同じじゃない」

「滝乃《たきの》、やめなさい。病気になって帰ってきてしまったわたしが悪いんだ。ほんとうに申《もう》し訳《わけ》ありません、義母《おかあ》さん。すぐ家をさがして、二、三日うちにはひっこしますから」

父が苦しい表情でていねいに頭を下げる。

「自分を徹底的《てっていてき》に隔離《かくり》して、滝乃《たきの》や子どもたちにうつさないようにしますから」

「おたのみしますよ、高次《たかつぐ》さん」

おばあちゃんが部屋を出ようとしたとき、母が、激《はげ》しい口調でいった。

「泊《と》まりのお客さんのときの、台所の手伝いは以後お断りします！　あたしもあゆみも。あたし、仕事をさがすつもりですから」

母はカンカンにおこっていた。

「自分の家がないってのはほんとにくやしい。博多《はかた》の空襲《くうしゅう》でまる焼けだもの。いまに見てなさいよ、そのうち大邸宅《だいていたく》をおっ建ててやるからね」などと、独りごとでしゃべりまくっている。

「あゆみ、たよる人が一人もいないってのも、いっそ気持ちがいいわ。これからは独立独歩、がんばるからね。家のことや仲江《のぶえ》のこと、たのむね。あらら、いちばんの強い味方がこのうちにいたんじゃないの、ねえ、あゆみ」

「うん、まかせとってよ。あたし、このごろ目覚めたばっかしなんよ、自分の能力に」

「へーえ、能力にねえ」

しかし、母はその後は青い顔になり、ふとんをかぶって寝《ね》てしまった。そして次の日から、家さがしに英彦山《ひこさん》小学校のときの同級生のうちを回りはじめたようだ。

そして三日目に、いっしょに小学校から女学校まで通った、いちばんの仲良しチエちゃんに、運よくめぐりあえたのである。

終《しゅう》バスで帰ってきた母の話では、チエちゃんのご主人は、彦山《ひこさん》駅の近くで大きな材木屋や加工業をしていたが、応召《おうしょう》し乗っていた船が魚雷《ぎょらい》でしずめられ、戦死されたそうだ。いまは弟が社長になり経営しているとか。チエちゃんは、彦山《ひこさん》駅の駅前通りから少し入ったところにご主人の両親と住んでいて、駅の待合室で二人は終《しゅう》バスまで語り合ったという。母の眼はまだ赤かった。

「家は明日みんなで見に行ってから決めるけど、だいたい目星がついたわよ」

父の三畳間《さんじょうま》に食事を持っていって相談したらしい母の声は、少しはずんでいた。

「えーっ、ほんとうに。信じられないなあ」

あゆみも姉の房江《ふさえ》も同じことを口にした。家族五人が住む家が、そう簡単《かんたん》に見つかるものだろうか。

次の日の午後、了乗坊《りょうじょうぼう》から三〇〇~四〇〇メートルほど下ったところにある古い家に、母とあゆみたち子ども三人は出かけていった。

母は勝手知った自分のうちみたいに、どんどん中に入っていく。

「ここはね、小学生のころ、よく遊びにきた家なの。チエちゃんの実家よ。土間も縁側《えんがわ》も広くてね。裏《うら》には畑もついてるのよ。ままごと、まりつき、お手玉、宿題もした。夕《ゆう》ご飯《はん》をごちそうになったことも何度もあるのよ。チエちゃんも了乗坊《りょうじょうぼう》によくきたの。おたがいよく遊んだあ。チエちゃんのおじいちゃんが建てた家なんだって」

「あの、お、お父《とう》さんがいても貸してくれるって……？」

「うん、そうなの。もう古い家だから壊《こわ》そうかと思っていたって。雨もりがするかもと思うけれど、借りてもらえればチエちゃんは逆に助かるって。こんな英彦山《ひこさん》の山の上の家は管理もできないし、悪いやつが入りこんで、火でもたいたら火事になるかもしれないし、英彦山《ひこさん》の中腹《ちゅうふく》で水がないから大変なことになるって心配してた。暮《く》れにきたとき、裏庭《うらにわ》にたき火のあとがあってゾッとしたって」

「よかったねえ、お母《かあ》さん」

「やったじゃん、お母《かあ》さん。古いことぐらい平気、平気。いくらで借りるの？」

房江姉《ふさえねえ》さんもニコニコしてたずねる。

「一カ月五〇〇〇円よ。まあまあかな……」

翌日《よくじつ》、みんなで大そうじをして、三日後にチエちゃんの実家にひっこした。

荷物を運ぶ人を二人やとい入れて、持てる物からどんどん運び下ろしていったが、二日かかった。山ほどの本があって重かった。

二日目の午後は、朝子《あさこ》ちゃんや兄の力男《りきお》さんも手伝ってくれた。

夕方になって朝子《あさこ》ちゃんのお母《かあ》さんが、

「この家は中《なか》ン谷《たに》に入りますけん、わたしたちと同じとなり組になるとですよ。よろしゅうお願いします」

と、大なべにゴボウやニンジンの入った豚汁《ぶたじる》と、おにぎりを大皿二つに盛《も》り上《あ》げて運んできてくれた。ムギご飯《はん》にサツマイモが炊《た》きこんであった。

電気がつくまでに三日はかかる。日が暮《く》れかかったので裏《うら》の内土間にむしろをしき、ローソクを二本立て、力男《りきお》さんや朝子《あさこ》ちゃんもいっしょにみんなで食べた。

「こんなおいしいもの、食べたことない！」と妹がいって、父が豚汁《ぶたじる》のお代わりをし、みんながキャアキャア笑い、それはにぎやかで楽しいひっこしだった。

四月半ばには桜の花が咲《さ》いて、参道に桜のトンネルができるよと、朝子《あさこ》ちゃんに教えた。

翌日《よくじつ》から畑の向こうの納屋《なや》を、大工さんにたのんで父の部屋に改造した。三畳《さんじょう》の別間だ。

その横にニワトリ小屋もつくった。チエちゃんの嫁《とつ》ぎ先《さき》が、伐《き》り出した木を柱や板に加工する材木屋さんで、弟さんが社長で家具をつくる会社もやっているそうだ。使えるけれども商売にはならない板や木目《もくめ》のゆがんだ木材を、社長さん自身がトラックでどっさり運んできてくれた。

余った板を大工さんが内土間にうまくしいてくれて、ここにも新しい二畳《にじょう》ほどの板の間ができた。流しやかまどの近くで、火をたくので温《ぬく》い。飯台《はんだい》を置けば、みんなが集まる場所になりそうだ。

「親切な人ばっかり、ほんとうに」

お母《かあ》さんのことばに、みんなが大きくうなずいた。

ひっこした古家に家族が慣れたころ、桜が満開になり、花のトンネルの下を、朝子《あさこ》ちゃん一家の人たちも、たくさんの参詣者《さんけいしゃ》に交じって上り下りしていた。

「あんまり美しかもんで……今日と明日は山のお祭りげなよ」

と、奉幣殿《ほうへいでん》まで二回も参った朝子《あさこ》ちゃんのお母《かあ》さんが、にこにこしていた。

それまで寝《ね》ていたお父《とう》さんも、ねまきを着かえて参道に出た。参道を見上げ見下ろして、

「日本の桜か。満開になるとすごいもんだな」

とつぶやいて、参道わきの石段《いしだん》に一時間あまりも座《すわ》っていた。この日からお父《とう》さんは夕方、散歩をするようになった。ゆっくりと家のまわりを歩く。

今年から、おみこしが出るという。奉幣殿《ほうへいでん》を出た二台のおみこしが若《わか》い男たちにかつがれて、ときにはゆらりと脇道《わきみち》に出たりして、にぎにぎしく参道を下り、銅《かね》の鳥居《とりい》の近くの「しいだまり」に一晩泊《ひとばんと》まる。二台そろったところを見ようと、朝子《あさこ》ちゃんをさそいに行った。

朝子《あさこ》ちゃんのうちは、石だたみの参道と並行《へいこう》する裏道《うらみち》に面した茅葺《かやぶ》きの大きな家だ。力男《りきお》さんもいっしょに行った。提灯《ちょうちん》に火を入れて持ってきて、石段《いしだん》を照らしてくれた。

夜はおみこしのそばでかがり火がたかれた。二台のおみこしは金ピカに光っていて、「うわあっ、すごかあ」と朝子《あさこ》ちゃんがさけび、ため息が出るほど豪華《ごうか》で美しいと、あゆみも思った。

次の日が英彦山《ひこさん》小学校の始業式で、あゆみは六年生になった。

五年生のときの田口《たぐち》先生が持ち上がりでまた担任《たんにん》になり、最上学年の自覚をもてといわれたが、去年に比べると、自分でもおどろくほど六年生になったことを自覚した。何でもできる気がする。

「お父《とう》さん、あたし六年生になったんよ。六年生を自覚しなさいって」

「ほう、そうか。お母《かあ》さんのいい相談相手だな」

「いやあ、そこまではいかないけど……働くのは好きよ。畑をつくるつもり」

「ふーん、どこかに開墾《かいこん》に行く？」

「うちの裏《うら》の草地、あそこは元畑だったんだってよ、この家の。それからね、お父《とう》さん、お散歩のとき、あたしに英語教えて、来年から英語の勉強があるから」

「ふーん、元気でやる気まんまんだな」

「はい、そうですっ」

ひっこしたばかりの家の裏《うら》の畑は草ぼうぼう、畑かどうかもわからないほどだ。昨日見た朝《あさ》子《こ》ちゃんのうちの畑は、もう野菜の芽がきれいに伸《の》びていた。

あゆみはお母《かあ》さんの筒袖《つつそで》のエプロンを着て、物置《ものおき》から使い慣れたトウグワを持ってきた。手でまず草をぬいてみると、案外簡単《かんたん》に草は根っこからとれる。もしかしたら、去年までだれかが借りて畑にしていたのかもしれない。一メートル四方ほどの草をとってから、トウグワで打ち返し、小さな草の根っこもとる。何回かくりかえすうちにかなりの畑が広がった。お天気が続いているせいか、畑の土はぽくぽくかわいていた。

お母《かあ》さんははじめての家賃《やちん》とお礼の品物を持って、チエおばさんのところに出かけている。帰ってきたらおどろくかな、働くことは楽しいなあと、あゆみは思う。

2――はじめて会ったアメリカ人

あゆみは国鉄彦山《ひこさん》駅のすぐ裏《うら》の山をじいっと見つめる。

突風《とっぷう》のような風が、ザザザと山の木をゆらすと、間なしに駅前広場の砂《すな》まじりの土ぼこりを舞《ま》い上げ、広場に並《なら》んでいる人たちをおそってくる。木がゆれると同時に、あゆみは左手に持っている布袋《ぬのぶくろ》を頭から顔に当て、吹《ふ》きおろしてくる風に背《せ》を向ける。そんなことをくりかえしながら一時間余、食料配給所の前に立っているのだった。

今日はうれしい米の配給日である。

「残りを確かめるから、しばらく待っといてください」

あゆみの目の前で一時間ほど前に閉《し》められた戸は、まだ開きそうもなかったが、そろそろと思うのか、後ろのほうまで人が並《なら》びはじめたようだ。すぐ後ろにはごま塩頭のおじさんが立っている。

戦後半年が過ぎてもすごい食糧難《しょくりょうなん》が続いていた。よそからきた人たちは、拓《ひら》けそうな山のふもとを借りて開墾《かいこん》に精を出し、雑草が生えている程度のところにはアズキをつくり、土のよいところにはイモや菜をつくっていた。自分の田畑を持たない疎開《そかい》家族の一家にとって、月に二度の米の配給は家族の命綱《いのちづな》である。

また激《はげ》しい風が吹《ふ》きつけてきた。

「もう、絶対割《わ》りこみなんかさせないから！」

あゆみは思わず口走って、奥歯《おくば》をかみしめる。右手にしっかり握《にぎ》っている、家族の氏名を書いた配給通帳がしわになっている。二人の大人が「悪いけど先にもらうよ、急用があってちょっと急ぐもんで」とか「列車の時間じゃからお先にごめんよ」とかいいながら、あゆみの前にやってきて、配給の米とコーリャンとかんづめをもらっていったのだ。

米の配給はめったにない。家族一人に米四合、ありがたくて、晩《ばん》ご飯《はん》のときのみんなの喜ぶ顔がもう見えてくるのだ。六年生のあゆみは食事つくりに工夫《くふう》をこらす。米と同じ量のコーリャンは、いくらかんでも口の中でもそもそして、ほんとうに食べにくい。煮《に》ても煮《に》てもやわらかくならず、口の中に残る。今日はコーリャンを入れるのはやめよう。このあいだ飼ったばかりの、お乳《ちち》を出してくれるヤギのオトメは食べるかもしれないなあ。ご飯《はん》に炊《た》きこむのにイモがあればいうことはないのだが……。でも、米が五人分で二升《にしょう》とかんづめがあれば、あとは代用食を使うと一〇日間以上は食べ延《の》ばせる。農家に買い出しに行ったり、麦の粉《こ》でうどんや団子《だんご》をつくる。食べられるものは何でも食べる。

今日のかんづめは何かしら。前の月はバターだった。野草でも、ニンジン、ゴボウでも、ちょっとバターでいためてから煮《に》ると、とてもおいしく食べられる。今日は勉強より何より大事な日。

友人のチエおばさんのお世話で、母は役場の支所に臨時《りんじ》の手伝いに行くようになった。「じゃー、お願いね」と、母があゆみに念を押《お》してお金をわたし、仕事に出かけたので、午後は小学校を早引けして、英彦山《ひこさん》の中谷から一時間半歩いて、配給物の食糧《しょくりょう》をとりにきたのである。

広場のすみののれんを垂《た》らしているうどん屋から、さっき見かけたおばさんが三人出てきて、配給所のそばに立った。

「ま、まだ開かんばい。配給所のおいさんはなんしよるとやろか」

「ほーんと、早《はよ》う開けんかね」

一人が配給所の戸をドンドンとたたいた。そして三人はあゆみの前に並《なら》んだのである。見かけたことのある顔だった。

「あのう……並《なら》んでいます、あたし」

すぐ前にいる戸をたたいたおばさんにいったけれども、知らぬふりをしている。

「みんな並《なら》んでいるんですけれど、おばさん！」

あゆみは声を強めた。

小柄《こがら》なおばさんがふり返って目をつり上げ、じろりとあゆみをにらんだ。そして素知らぬ顔で背中《せなか》を向けた。あゆみはカッとした。あゆみと同じくらいの背丈《せたけ》のおばさんの背中《せなか》をにらみつけながら、この背中《せなか》を思いっきり突《つ》き飛《と》ばしてやろうか、いや、けり飛ばしてやろうと、凶暴《きょうぼう》ともいえる気持ちがわきあがってくる。許すもんか、この野郎《やろう》、そう思ったとき、

「おい、そこのおなごたち、後ろに並《なら》ばんかい。このじょうちゃんが教えてやりよろうが。なんで子どもの前に並《なら》ぶか」

「あ、あたしたちゃ、ずーっと前からきとったとよ」

いちばん前に並《なら》んだおばさんが言《い》い訳《わけ》をする。

「おまえたちがうどん屋に入るとこも、ちゃーんと見とるぞ。こっちはその前からきて並《なら》んどるんじゃけ」

「あたしも見ました。いま店から出てきたでしょ、おばさんたち」

「ま、生意気やね、子どもんくせに」

すぐ前のおばさんがふり向いて、またつり上げたような目であゆみの粗末《そまつ》なかっこうを確かめるように、じろじろと見た。そしてまた素知らぬ様子にもどった。

配給所のおじさんは品物の残りを確かめるといったけれど、品物がなくなったらおしまいなのだ。上っ張りの背中《せなか》を思いっきりけ飛ばして三人を押《お》しのけ、いちばん前に並《なら》んでやる、そんな思いが胸《むね》の奥《おく》からどんどんわいてきて、おさえきれなくなってくる。そのとき、

「おまえら、子どもの前でそげなことして恥《は》ずかしゅうはないんか。後ろに並《なら》べ。後ろに並《なら》ばんなら、坂ん下の派出所《はしゅつじょ》にいうてくるぞ、ええな！」

すぐ後ろのおじさんが、突然《とつぜん》びっくりするような声でがなりたてた。

「そ、そげなことは」

「三人も割《わ》りこむなんち、許せん。おまわりさんにきてもらおう、ぼくがいうてきます」

戦闘帽《せんとうぼう》に白い長着《ながぎ》のお兄さんが並《なら》んだ列から出てきて、はきはきした声をたてた。そして、

「三人の名前をうかがいましょうか。どうせおまわりさんに聞かれるでしょうからね」

前にいたおばさんが、買い物かごをいじくりながら、もぞもぞしていたが、一人が後ろに歩

き出すと、二人もついていく様子だ。

「ちょいと待てっ」

ごま塩頭のおじさんがまた大声で止めた。

「おまえたちにいうとくことがある。配給物は公平に分配されねばならん。不公平や不正があってはならんのじゃ。いいか、おまえたちゃ配給所のおいさんとツーツーのようじゃが、横流しをたのむとか悪いことはしちょらんじゃろうのう。そりゃあ犯罪じゃきな」

「しちょらん、しちょらん、人聞きの悪いこといわんで、もうっ」

「ふん、傷痍《しょうい》軍人が出しゃばって」

という小柄《こがら》なおばさんの捨《す》てぜりふが、あゆみの耳にはささるように聞こえてきた。

「ありがとうございます。すみません、ほんとに」

あゆみは二人に、校長先生にするようにていねいに頭を下げた。

お兄さんは苦笑いして、右足をひきずりながら列にもどっていった。

間もなく配給所の戸が開き、あゆみは後ろから押《お》されながら、「うちは五人です！」と声を張って、配給通帳を中の棚《たな》に広げた。

あゆみが背負《せお》っている「かるいテボ」は、意外に重かった。

米が二升《にしょう》と同じ量のコーリャンと、トウモロコシの絵のついた大きなかんづめ五個。平らな道はなんでもなく急いで歩いたが、上り坂にかかると息が切れる。早く帰らなければ、一年生になったばかりの妹が、あゆ姉《ねえ》ちゃーんと泣いているかもしれない。ヤギのオトメの乳《ちち》もしぼらないと、大きな乳房《ちぶさ》をぶら下げてメヘヘヘエ……と、わたしを呼《よ》んでさがしているにちがいない。気がせいて小走りに歩くけれど、背中《せなか》の荷物はずっしりと重く、肩《かた》にも背《せ》にも食いこんで、息が上がってくる。

額から汗《あせ》が流れ落ちるが、かまってはいられない。

もう少し上らなければ、もう少しだ。あの大木の向こうからは樹木《じゅもく》は少なく、岩場と石段《いしだん》がつづく。あそこまで行ったら、ちょっと休もう。いや、休んではいられないのだ。一歩一歩ふみしめるように坂道を上る。

ようやく大木まできたが、少し下ったら岩場がつづく。そしてまた上り坂だ。胸が破れそうにはずみ、えっえっとのどの奥《おく》から声がもれる。足が前に出ない。ひざがガクッと落ちて前にのめって、とうとう道に手をついた。そして、やっと足元の岩の上に背中《せなか》のテボを下ろした。ハアーッ、ハアーッと、大きな息をつく。何回も何回も。

さあっと吹《ふ》きおろしてくる風が冷たく、駅前の風とはちがう山の風に変わっている。ほてった頬《ほお》に気持ちがいい。あっという間に汗《あせ》も引いていく。長く休むと体がなえることをあゆみは知っている。休みは小休止に限る。

山にたきものをとりに行くときも、開墾《かいこん》畑に肥《こ》やしを運ぶときも同じだ。

「よーし、行こう！」

自分に号令をかけて歩きはじめる。あと大きく二曲がりすれば「銅《かね》の鳥居《とりい》」が見える。英彦山《ひこさん》は昔、修験道《しゅげんどう》の山伏《やまぶし》たちの修験場《しゅげんじょう》として栄えたところ。その昔、佐賀《さが》の鍋島藩《なべしまはん》の殿《との》様《さま》が奉納《ほうのう》した見上げるばかりに大きな銅《かね》の鳥居《とりい》が建っていて、近郷近在《きんごうきんざい》の人たちから親しまれ、英彦山《ひこさん》参りにくる人たちの目印になっている。このごろになって、五穀豊穣《ごこくほうじょう》を願うお参りの人たちが増えていた。

昭和二〇年六月一九日、福岡《ふくおか》は大空襲《だいくうしゅう》にみまわれ、町の半分が灰《はい》になった。あゆみたちの家も丸焼けになったそうだ。いまは博多《はかた》にもどりたいとも思わなくなったが、転校してすぐは、やはりあの家が恋《こい》しかった。

広い道に面したゆったりした庭やそこで遊んだ友達、そしてちんちん電車に乗って買い物や食事に行った……。しかし、ここはどちらを見ても山と坂道ばかり。上を見ても、参道と同じはばの空しか見えない。

山腹《さんぷく》をぐるぐる回る道は、あちこち修繕《しゅうぜん》してはあるけれど、木を伐《き》り出すトラックが走るようになった。早朝と終列車を受けて、仕事に行く人のために、彦山《ひこさん》駅から銅《かね》の鳥居《とりい》まで、朝夕、バスも数本は通るようになった。

あゆみは荒《あら》い息をしながら、なんとか鳥居《とりい》の見えるところまでたどり着いた。ここまでくればもうだいじょうぶだ。また少し休もうか。

道のはしに背中《せなか》のテボを下ろして何気なく足元を見ておどろいた。ちょっとした草場だったが、野生のノビルが密生《みっせい》している。その向こうには、カンゾウの新芽がいっぱいに出ているではないか。これは採らずにはいられない。すごいぞ、今日はついている。

ノビルはさっとゆでてクルクル曲げて、酢《す》みそで食べるとうまい。両親の好物である。

カンゾウはあくがないのでおじやの具にもなるし、おひたしにしてもいい。今夜のおかずだ。

夢中で根から引っこぬく。手早く土を落として、かるいテボにほうりこむ。どんどん採る。細いネギに似たノビルの根は指先ほどの大きさで、真っ白である。

「ああ、うれしい。おかずが一品増える」

あらかたとったあと、カンゾウにはまだ小さな芽がいっぱい伸《の》びてきているのを確かめて、一週間ほどあとにまたこようと思う。妹も連れて。テボはそこそこいっぱいだ。

明日はたきものをとりに行かねば、姉といっしょにとってきたたきぎがもう少なくなっている。秋の終わりほどには気は急《せ》かないけれど、春先といっても夜はまだ冷える。小さな囲炉裏《いろり》に少しでも火があると、部屋が温《ぬく》くて、みんなが喜ぶ。あゆみにはもうひとつ楽しみがあった、懐中《かいちゅう》電灯の乾電池《かんでんち》を二個、余分に買ってきた。夜、ふとんの中で本が読める。

「さあ、上るぞ」

また背負《せお》って山道を曲がり、やっと広い道に出る。銅《かね》の鳥居《とりい》直前の石段《いしだん》まできたときだった。なぜか石段《いしだん》に足がかからない感じがした。足が持ち上がらないのだ。ふわっと浮《う》き上《あ》がるように思った瞬間《しゅんかん》、目の前がぐらりとゆれて、いきなり暗くなった。

あ、あ、あーと、かるいテボがひっくり返らないように、そっと下ろしたことまでは覚えている。そのあとはどうなったのだろう。石段《いしだん》の上に打《う》ち伏《ふ》していたようだ。

「オジョサーン、オジョサーン、ドシマシタカ？」

「ちょっとぉ、いったいどうしたんよ、あんた。ねえ……」

頭の上から聞こえてきた声。そして体をゆさぶられて顔をあげ、パッと目を開いた。いきなり目に入ったのは、自分をのぞきこんでいる青い眼玉、金髪《きんぱつ》。

「わあっ」

あゆみは飛び起きた。そして、かるいテボは……ああ、よかった。一段下《いちだん》にちゃんとある。

「まあ、あんたったらねえ。石段《いしだん》に寄りかかってさあ、足投げ出しとったけん、たおれとるんじゃないかって、この人がいうもんでね」

あゆみはこの人を見上げた。やたら電柱みたいに背《せ》が高く、お人形さんみたいな男の人。

「ああ、すみません。もうびっくりして……」

「そうね、はじめて見たんね？　この人、アメリカ人よ、あたしの彼氏《かれし》」

「ハーイ、オジョサーン」

「あー、アメリカの人。本で読んで知っていますけど、でも、ほんとのアメリカ人見たの、はじめてです」

「やっぱしね。あんた、進駐軍《しんちゅうぐん》て知っとるやろ」

「はい。進駐軍《しんちゅうぐん》の話はよく聞きます。小倉《こくら》からきたんですか」

「そうなんよ。むかし子どものころ、英彦山《ひこさん》参りに両親ときたことがあってね、英彦山《ひこさん》ガラガラを買って帰ったんよ、お札《ふだ》といっしょに。いまも売ってるかねえ。英彦山《ひこさん》ってすごく神秘的《しんぴてき》なところよね」

「さあ、どうかしらん。英彦山《ひこさん》ガラガラは彦山荘《ひこさんそう》に売っていると思います」

「彦山荘《ひこさんそう》ね。それに、彼氏《かれし》はだれか人をさがしたいんだって、ねえハニー」

「ソーヨウ」

「そうですか。あたし、駅から歩いてきて、ちょっとふらっとして、あのう……、こんにちは」

あゆみはほとんど真上を見てあいさつした。

「オオ、コニチワ、オジョサーン、ダイジョービ？」

「はい、だいじょうぶです。今日は駅前に配給物をとりに行って……そうだ、昼ごはん食べてない」

「へえーっ、駅からこれ背負《せお》うて歩いてきたん。くたびれるはずよ、あんた、えらいねえ」

ふさふさした長い髪《かみ》の毛《け》に赤や青の模様《もよう》のスカーフを巻《ま》いた女の人は、テボを背負《せお》おうとしたあゆみに、「ちょっと待っといて」というと、石段《いしだん》をかけあがっていった。上の広い車道にはジープが止まっている。そこから明るく浮《う》き立《た》つような音楽が流れ出していた。

ジープから何かを持ってもどってきた女の人は、これあげる、食べてごらんと、一五センチくらいの縦《たて》長い美しい紙に包まれたものを差し出した。

「いいえ、そんな……」

あゆみは手をふって後ずさった。

「これはねえ、お菓子《かし》よ。いいから食べてごらんよ、おいしいからさあ」

あゆみが黙《だま》って下を向いていると、

「ほら、こうやってね、バリバリ破いて、ぱくりと食べる」

女の人はあゆみの口元に差し出した。

「あ、あのう……こ、これは、ほんとうにお菓子《かし》ですか」

「チョコレートのお菓子《かし》、チョコバーっていうんよ」

あゆみは頂《いただ》くことにした。ぱくりとはいかないが、はしを少しかじってみた。

なんというおいしさだろう。あまくてとろりとした、食べたこともない外国のお菓子《かし》のうまみが、口いっぱいに広がった。

「うわあ、おいしーいっ」

「ほらね、ねっ、どんどん食べる、もっとぜんぶ」

「これがチョコレート、ああ、すごいねえ！」

残りを口に入れずにはいられない。一本ぜんぶ食べてしまった。

「こんなおいしいもの、はじめて食べました。ありがとうございます。サンキュウ・ベリマッチ」

「まあ、あんた、英語でお礼までいうて。ほんなこと、えらい」

「いいえ、来年は中学ですから、英語を父から少し教えてもろたんです。ハワユー」

「オオ、サンキュー、ファイン。ユアネームプリーズ」

「マイネームイズ、あゆみ」

なんてことだろ、あたしの英語が通じるなんて。ほーんと不思議なことってあるんだあ。

「ウォーカーさんね。どうもありがとうございました」

「そうよ。あんた、あゆみちゃんていうのね」

「はい、そうです。じゃあ、あたし帰ります。ほんとにありがとう。失礼します」

あゆみはかるいテボを背負《せお》うと石段《いしだん》を上って、はじめて見るジープのそばに寄っていった。

相手をしてくれた軍人らしい男は、二、三段《だん》下に立って女の人と話していたが、おどろくほど長い足とおしりのあたりもぴったりとした薄茶《うすちゃ》色のズボン、同じ色のシャツを着ている。なにか作り物めいたすらりとした男の人のかっこうのよさ、青緑の目と金髪《きんぱつ》、ジープにチョコバー。ああ、これがアメリカなのかと見とれずにはいられない。

それに、このジープの大きな車輪。本で見たことはあるけれど、実物はすごいものだ。そのうえ、屋根がなくて、中が丸見えなのだ。この浮《う》き立《た》つような音楽はどこから聞こえてるんだろう。

「オオ、ワンダフル」

あゆみはジープを指さして、立っている二人にていねいに頭を下げた。

「あゆみちゃん、英語うまいじゃん」

女の人が手を挙げた。習いたてでーすと返して、もっと見てみたいけれど、もう帰らないと。

元気が出たあゆみは、かるいテボをゆすりあげ、石だたみの参道をどんどん上りはじめる。

「ちょっと、あんた、ほら、あゆみちゃーん、待ってえ」

女の人の声にふり向くと、アメリカ人が長い脚《あし》で走り上ってくる。あゆみが立ち止まると、ドサリとかるいテボの中にチョコバーが一〇本ほど入れられた。

「えーっ、こ、こんなにたくさん！」

「ドーゾドーゾ、オジョサーン」

「サンキュウ・ベリマッチ、ミスターウォーカーさん。ありがとうございます」

参道をどんどん上って家のそばまでくると、思ったとおり、オトメのメへへへエ……と鳴く声がしている。大きなお乳《ちち》をぶら下げたまま、庭の桜の木に自分で自分をぐるぐる巻《ま》きにしてしまったらしい。

母が働きはじめた役場の人のお世話で、子どもを産んだヤギをゆずってもらうことができた。父に栄養のあるものを食べさせたいと母に聞くと、魚と卵《たまご》と牛乳《ぎゅうにゅう》くらいかしらと教えてくれたのだ。が、そのどれも家にはないものばかりだ。かまどの前に座《すわ》って、夕食の用意をしながら、あゆみはこっそり涙《なみだ》をこぼした。父はやがて死んでしまうだろうと思えて仕方がなかった。

そんなとき、ヤギがやってきたのだった。ニワトリも飼うからねと母ははりきっていた。

家の中からは妹の泣き声はしていない。急いで裏口《うらぐち》から薄暗《うすぐら》い台所に入って、テボを下ろす。板敷《いたじき》の飯台《はんだい》にメモ紙がのっていて、おばあちゃんの字で、「伸江《のぶえ》は母屋《おもや》です。晩《ばん》ご飯《はん》も食べさせて送るから心配しないでね」とある。

「ああ、よかった」

あゆみは大きな息をすると、なべを持って庭に出る。そして、ヤギのオトメがつながれている木の下にしゃがんだ。いい具合にぐるぐる巻《ま》きになって動けなくなっている。頭と首筋《くびすじ》をなでてやってから、あゆみは片手《かたて》で乳房《ちぶさ》をつかんだ。よかった、張ってるね、とオトメに声をかける。それから両手で乳房《ちぶさ》をつかみ、乳首《ちくび》をしぼる。三回目くらいから勢いよく乳《ちち》がほとばしる。右、左、右、左と交互《こうご》に手を動かす。しばらくしぼって手がだるくなると、ちょっと休んでまたしぼる。

このごろ、乳《ちち》しぼりにあゆみもオトメもやっと慣れた。手順もよくなった。

中なべに半分くらいのお乳《ちち》がしぼれた。サンキューと、オトメのかたい頭と首を優《やさ》しく何回もなでてから綱《つな》をほどく。

最初は暴れて、どうしてもしぼらせなかった。優《やさ》しくしてやればしぼらせてくれると思い、オトメの好きな草やぬかも食べさせた。長い綱《つな》をつけていっしょに散歩もした。ようやく少ししぼってたまったと思った瞬間《しゅんかん》、オトメが後《うし》ろ脚《あし》を動かしてなべに突《つ》っこみ、ひっくり返した。いくら教えてもたのんでもわからないバカヤギ。

あゆみは半泣きで父に訴《うった》えた。

「おまえが子どもだからじゃろうよ。一度、棒《ぼう》でびしりとたたいてみよ」

「えーっ、そんなぁ。あたし、一生懸命《いっしょうけんめい》かわいがってるんよ。それなんに、しぼろうとしたら逃《に》げたりけったりして！」

「動物はな、強い者に従《したが》うもんよ。そしてそれに慣れる」

「ふーん、そうなん。でもねえ、たたくっていうのは……」

次の日、あゆみは小指ほどの竹を用意して、オトメの首を納屋《なや》の前の木にゆるく結《ゆ》わえた。よし、これならいいぞと思い、乳《ちち》をしぼりはじめた瞬間《しゅんかん》、オトメは下半身を激《はげ》しく持ち上げ、なべをけ飛ばした。思わず竹でビシリと背中《せなか》をたたいたが平気で、ばかにしたように知らぬ顔ではねている。大きな乳《ちち》がゆれる。あゆみはそばにあった肥《こえ》びしゃくの柄《え》で、バシンとたたいた。

「ばかぁ、じっとしてなさいっていうたでしょうがっ」

あゆみはもう一度、ひしゃくをふりあげた。

「そう、背中《せなか》の下を力まかせにたたく」

後ろにねまきの父が立っていた。オトメは急におとなしくなった。

しぼってごらんといわれて、前の飼い主に教わったとおりに乳《ちち》をつかんだ。もう少し手が長かったらどんなにいいだろうと思いながら、懸命《けんめい》にしぼった。

「ほら、オトメも喜んどるぞ」

父にいわれてオトメの顔を見ると、メへへへエと小首をかしげて、あゆみを見ている。

首をしばった縄《なわ》を解いて、あゆみは急いで大切ななべを台所に運んだ。

それからもいろいろあった。

せまい場所に引っ張っていくか、納屋《なや》のすみに追いこみ、体を壁《かべ》に押《お》しつけるのがよいとわかった。後《うし》ろ脚《あし》をしっかりつかんで、ここを動かすとぶんなぐるからねといって、肥《こえ》びしゃくの柄《え》をオトメの背中《せなか》に立てかける。このとき、乳《ちち》をかなりしぼることができて、やっとうまくいったと思えたのだった。

いちばん困《こま》ったのは、オトメが逃《に》げ出したときだ。あのときはほんとうに大ショックで、あゆみは、オトメーと呼《よ》びながら半泣きでさがしまわった。日がしずんで暗くなりかけたとき、朝子《あさこ》ちゃんと力男《りきお》さんが綱《つな》をつけて引っ張ってきてくれた。

「山道から出たらよ、みぞの横に白いものが座《すわ》って頭を動かしとるもんでな、もしかしたらちち思うて、〝オトメー、おいでー〟ちあゆちゃんのまねして呼《よ》んだらよ、とことこ近づいてきたもんでよ。父《とう》ちゃんが、こげなところにおってイノシシにキバ突っかけられたらおしまいじゃちいうもんで、連れてきたんよ」

「あ、ありがとう。ほんとに……、いくらさがしてもおらんし、オトメは遠くに行ってしまって、あ、あたし、もうお乳《ちち》もしぼられんと思って……どうしたらいいかと、あたし……」

下を向いて、とうとうしゃくりあげたあゆみに、力男《りきお》さんは、

「よかったたいね、あゆちゃん」といって、縄《なわ》のはしを持たせてくれた。そして次の日、細い

麻縄《あさなわ》をより合わせたような強いひもをオトメは首につけていた。それからは力男《りきお》さんに会うと、あゆみはお礼をいわねばと思いつつもなんとなく恥《は》ずかしく、ぴょこんと頭を下げて通り過ぎてしまうのだった。

「お父《とう》さんには滋養《じよう》のある物を食べさせないと病気は治らないのよ」

というのが母の口癖《くちぐせ》。滋養《じよう》のある物はご飯《はん》と牛乳《ぎゅうにゅう》と卵《たまご》と魚くらいしかあゆみは知らない。

今日もらったチョコバーというお菓子《かし》、滋養《じよう》があるのだろうか。待てよ、あれは父たちがこのあいだまで必死で戦っていた敵からもらったものだ。それをいったら、父は烈火《れっか》のごとくおこるかもしれない。

どうしよう。

あゆみは大急ぎで机《つくえ》の引き出しにチョコバーをかくした。

今夜はごちそうができる。終《しゅう》バスで帰る母が喜ぶにちがいない。

米を三合使って、サトイモとカンゾウを切りこむ味《あじ》ご飯《はん》にしよう。だしには大きな一〇センチもあるいりこを五人分、五尾《び》使ういりこ飯《めし》だ。かたいいりこもやわらかくなるし、おいしい。

これこそ滋養《じよう》があるのだ。しょうゆを少し入れて味つけする。おかずはみそ汁《しる》。

それからもう一品。ヤギの乳《ちち》のなべを七輪《しちりん》に移したオキでたぎらかしたら、大きな湯飲みに一杯《いっぱい》、父が飲む分の乳《ちち》をとる。残りの乳《ちち》に麦粉を入れ、どろどろに練ったら、房江姉《ふさえねえ》さんからもらって大切にしているあまみのサッカリンを半分に割《わ》って水に溶《と》く。重曹《じゅうそう》も一つまみ入れて麦粉とササッと混ぜる。先月つくったときは、ぺっちゃんこにできてしまった。ていねいに混ぜすぎて、ふくらまなかったのだと母が教えてくれた。それでもみんな、おいしいと大喜びだった。

七輪《しちりん》にオキを入れ足して、フライパン代用のいちばん大きいなべに油を引き、けむりがたつと同時に練った麦粉を思いきってどっと入れた。そしてふたをする。

炊事場《すいじば》の窓《まど》から、畑の横にかがんでいる父の姿《すがた》が見える。

父はこのごろ、夕方になると家の裏《うら》の畑のまわりを散歩する。午後、決まって熱が出るのだ。それを冷ますように散歩をする。今日も熱が出たのだろうか。父の部屋に入ることは、よほどの用がないかぎり禁止されていた。

母だけがご飯《はん》のお膳《ぜん》を運ぶ。そして決まって母がいうのは「もう少し食べてくれると栄養がとれるんだけどねえ」だった。それでも、この家にひっこしてしばらくは寝《ね》てばかりだったのだ。

肺病《はいびょう》やみといわれ、うつる、うつると村の人からも、親戚《しんせき》からも忌《い》みきらわれている父。

あゆみはくやしくてたまらない。友達もあまり近づいてこなくなったような気がする。

でもいまは、あゆみが畑のそばに行き、父と外で話をすることができる時間なのだ。

「お父《とう》さーん、オトメの乳《ちち》、できましたぁ」

あゆみはなべの中身をひっくり返し、少しふくらんでいるのをちらりと見て、またふたをしてから外に出て呼《よ》びかけた。

チョコバーのことをいまのうちに話そう。かくしたままでいることはやっぱりできないと思う。ヤギのオトメをなでながら、何か話しかけてからこっちに歩いてくる父は、頬《ほお》がそげて、ちょっとはなれて見ると目が落ちくぼんで見える。

「あのう、あ、あたし、お話があるんだけど……。あたしね、アメリカ人からお菓子《かし》をもらったの……お父《とう》さん、ここに座《すわ》って」

炊事場《すいじば》の上がりがまちに並《なら》んで腰《こし》かけ、あゆみは思いきっていった。

「ほう、アメリカ人。アメリカ人が英彦山《ひこさん》にきたのか？」

「うん、そう。いっしょにおった女の人がね、この人、アメリカ人よ、あたしの彼氏《かれし》って」

彼氏《かれし》かといって、無精《ぶしょう》ひげの顔がちょっと笑う。父が笑うとうれしい。

「お菓子《かし》をもらったのか、どんなお菓子《かし》かね」

「チョコバーだって」

「チョコレートか、本物なら、そりゃあうまいぞ」

「うん、お父《とう》さん食べる？　ねえ食べて！」

あゆみは机《つくえ》の引き出しからチョコバーをぜんぶ出してきた。

「こりゃあまたたくさん……。これは本物のチョコレートバーじゃな。こんなにたくさん、なんでもらった」

父の顔が突然《とつぜん》きびしくなった。じっとあゆみの目を見ている。

「敵からもらっちゃダメ？　ごめんね、お父《とう》さん」

「もう、敵じゃない。日本は負けたんじゃから」

「あたしが休んでいたら、オジョサーン、ドシマシタカ。コニチワ、オジョサーンって」

「ほーう、オジョサーンてか」

「そう。ハワユーっていうたら、サンキュウ・ファインだって」

「えーっ、おまえが」

「ユアネームプリーズっていうから、マイネームイズあゆみって」

「お、おまえ、英語しゃべったのか、ほんとかぁ」

「うん、ほんとよ。まあちょっと、いいかげんていうか……ほら、このあいだ、オトメの乳《ちち》を部屋に持っていったとき、お父《とう》さんが帳面に書いてくれたじゃん、英語で。中学生になったら英語も習うっていうたときよ。アイ・アム・ア・ガールがいちばん最初よ」

あゆみは机《つくえ》の本立てからうすい帳面をぬき出してきて、広げて見せた。

英文の下にはかたかなでカナがふられ、意味も書いている。

「お父《とう》さん、英語の字うまいねえ。アメリカ人が書いたみたいやん」

「いやあ……。それにしてもおまえ、強いなあ。英語が口から出たか。よく出たなあ、ほんとに強いぞ、あゆみは」

さあ、食べてと、あゆみはあの女の人がしたようにべりべりと紙をはがし、父の手にチョコバーを持たせた。

父は一口食べ、ほう、こりゃあうまい。おまえも食べよといって、また一口食べている。死ぬかもしれないと母がいった、やせた父の青白い顔を間近に見て、あゆみは胸《むね》が熱くなり、こみ上げてきそうなのを懸命《けんめい》にこらえた。

「あたしねえ、お父《とう》さん、肥《こえ》たごの前と後ろ、両方に肥《こ》やし入れてかつげるんよ。おととい、そっちのうねに肥《こ》やしまいた。まだちょっとくさいです。今日も駅から重たいかるいテボ背《せ》負《お》って帰ってきたの。銅《かね》の鳥居《とりい》でちょっとへばった、ふふふ」

「わたしがいったおまえが強いというのはな、あゆみが何のこだわりもなく簡単《かんたん》に英語を口にしたことよ。敗戦をあっという間に乗りこえて、貧乏《びんぼう》も平気で肥《こ》やしをかつぐ精神力のことよ。体も強いが心も強いな、おまえは。おれはどうもいかん、戦争で死んだ仲間や教え子のことばかりが胸《むね》にいっぱいでな。死にそうな病気になっても、まーだ生きて恥《はじ》をさらしとる……」

「お父《とう》さん、英語教えてよ、いっぱい。日本語じゃ、よその国の人とは話せないもんねえ」

あゆみは明るくたのむ。

「そうじゃなあ。英語か、いいぞ。日常会話ぐらいならなんとかなるじゃろう。そうそう、あゆみ、ふとんの中で懐中《かいちゅう》電灯をつけて本読むの、やめなさい。目を悪くするぞ」

ああ、バレていたんだ、せっかく乾電池《かんでんち》を買ってきて『宝島《たからじま》』の続きを読むつもりなのに。

あゆみがなべの中身を思い出したのは、父が自分の部屋にもどってからだった。いい具合にオキが消えて灰《はい》になってしまっていて、底が少し焦《こ》げたくらいでなべ焼きはふっくらとできあがっていた。

姉が女学校の寄宿舎に行ったので、今日はなべ焼きを四等分し、上にバターをのせる。その横にサッとゆでたノビルをそえ、ほんの少し酢《す》みそをかける。なかなかの仕上がりだった。

間もなく終《しゅう》バスで母も帰ってくるし、それから妹をむかえに行くだろう。母はおこっていても母屋《おもや》のおばあちゃんに会いたいし、ときには昔、自分が使っていた部屋で、笑い声をあげて話をしたいのだろうと思う。

あゆみは机《つくえ》の前に座《すわ》って、中学で英語を学ぶ前に、父から英語ということばを教えてもらって、ほんとうにしゃべれるように勉強しようと心に決めた。

アメリカ人とチョコバーとジープは、あゆみに大ショックをあたえたのだ。

その晩《ばん》は夕《ゆう》ご飯《はん》が少しおそくなった。おばあちゃんからご飯《はん》を食べさせてもらったというのに、妹は帰ってきたとたん、溶《と》けたバターののったなべ焼きを見てご機嫌《きげん》だったし、チョコバーにはみんなが参った。そのうえ、いりこ飯はおいしかったし、母は、にこにこして、

「まあー、ごちそうやねえ、今夜は。お米の配給、よかったねえ。あゆみちゃん、おつかれさま」

母は、了乗坊《りょうじょうぼう》に村長さんがきていて、彦山荘《ひこさんそう》に泊《と》まっているアメリカ人が、だれか人をさがしているらしいのだけど、ことばがわからず、英語の話せる人はいないかというのだった。

「彦山荘《ひこさんそう》はあたしが教えたの。お父《とう》さんにたのめばいいよ。英語うまいよう」

あゆみは真っ先にいった。

「そうねえ。でも、通訳《つうやく》ができるかしらん、お父《とう》さんに。小倉《こくら》の進駐軍《しんちゅうぐん》の連隊からおいでなさったそうでね、将校《しょうこう》さんだってよ」

母は心配そうだった。

翌日《よくじつ》、あゆみが学校から帰ってくると、父が羽織袴《はおりはかま》で出かけるところだった。黒い羽織《はおり》には崩《くず》れ菱《ひし》の家紋《かもん》がくっきりと入っている。父はひげをそり、少し伸《の》びた髪《かみ》の毛《け》をきれいにとかしつけていた。

「わ、お父《とう》さん。アメリカ人のところに行くの？　時代劇《じだいげき》のお殿様《とのさま》みたいじゃん」

「ほう、殿様《とのさま》か。そうか、世が世ならな、あっはっははは」

「あははは」

あゆみも笑った。父が声をあげて笑うのは久しぶりのことだ。

「おまえもいっしょに行かないかね」

「えっ、あたしもいっしょに行っていいの、彦山荘《ひこさんそう》に」

「ああ、行ってくれ、おまえがいると心強いからな」

「そんなことないよう。でも、チョコバーのお礼をいわないとね」

「そうだな。おいしいというのはデリシャスでよかろう」

「ふーん、デリシャスか、ベリーベリーデリシャス」

なんとなく顔を見合わせて笑った。

了　乗坊《りょうじょうぼう》の母屋《おもや》に寄って、彦山荘《ひこさんそう》へ行くところだというと、

「あゆみちゃんも行くん、なんでよ」

と集まってきて聞く。

「お菓子《かし》もらったからお礼をいうの、チョコバーっていうんよ」

「ふーん、大事なアメリカさんとの話に子どもがおるのは感心せんな」

「あゆみはここにいなさい」

おばあちゃんや伯父《おじ》さんが口を出す。

「あたし、英語をうーんと勉強して、なんでもしゃべれるようになりたいの」

「おっしゃるとおりに、あゆみは先に帰しますから」

父は軽く頭を下げて母屋《おもや》を出た。父は、おばあちゃんや伯父《おじ》さん、伯母《おば》さんに遠慮《えんりょ》ばかりしていると思う。ひっこした古家はたたみがでこぼこの部屋があるし、家の三カ所からは雨がもる。家を追い出されても、父は何もいわない。

肺病《はいびょう》だから、うつる病気だから仕方がないと思っているのだろう。いや、ほんとうは死に

たいと思っているのではないだろうか。確信に近い思いだ。あゆみの胸《むね》にまた重い石が落ちてくる。

彦山荘《ひこさんそう》は、参道の両側に坊跡《ぼうあと》の並《なら》ぶ一キロほどの、ちょうど真ん中あたりにある。古いとびらのない木の門が立っていて、片方《かたほう》に彦山荘《ひこさんそう》と書かれた木の板が打ちつけてある。門から一〇メートルほどコンクリートの細い道と竹の樋《とい》が引かれて、両側には草がいっぱいしげっていた。

「ごめんください」

父が言い終わらないうちに、玄関《げんかん》横の部屋からおかみさんが飛び出すように出てきた。

「ああ、よかった。沢田《さわだ》さん、おいでなさいませ、ようこそ。どうぞお上がりになって」

にこやかにむかえてくれた。

「こんにちわぁ、おじゃまします」

あゆみが元気にあいさつすると、

「あら、働き者のあゆみちゃんだ、ようおいでくださいました」

と一人前にあつかってくれる。そして、さっそくですがお二階へどうぞと、先に立って案内してくれた。

階段《かいだん》を上がってまっすぐの突《つ》き当《あ》たりの部屋で、おかみさんはひざをつくと、おいでになりましたと中の人に声をかけた。あゆみがはじめて見る板敷《いたじき》の部屋で、壁際《かべぎわ》にソファがあり、絵がかけてある。真ん中に小さなテーブルといす。ひかえの間はたたみの三畳《さんじょう》くらいで、ベッドがあった。

父が部屋に入り、軽く頭を下げたとたん、

「オ、オオ、サムラーイ！」

とさけんで、ソファに横になっていたアメリカ人がいきなり立ち上がり、床《ゆか》にドサリと座《すわ》った。

「ノーノー、さむらい」

父は羽織《はおり》や袴《はかま》を指しながら、なにやら英語で説明している。

なかなか英語がうまいような気がして、あゆみは安心した。

父がソファにもどるようにとアメリカ人に手で示して、あゆみを見たので、あゆみは座《すわ》って両手をつき、チョコバーのお礼をいった。

「マイファミリー・エブリイボデイ・ハッピイ　チョコバー・ベリイベリイデリシャス・サンキュウ」

そして最後に父を見ながら、ヒイイズ、マイファザーと付け加えた。

「オオ、オオ、ソデスカア、オジョサーン、ソデスカア、イイデスネ、イイデスネ」

「マイネームイズあゆみ」

「オオ、ソウヨウ、あゆみちゃーん」

あゆみはくすくす笑いながら、じゃあね、グッバーイ、ミスターウォーカーさん、といって部屋を出た。そしてとんとんと階段《かいだん》を下りた。

おかみさんの部屋で一時間ほど待った。そのあいだに俵形《たわらがた》のおにぎり二つとタクワンとお茶を出してくれた。真っ白いご飯《はん》のつぶが光っている。どうぞおあがりとおかみさんがいってくれたけれど、あゆみは父が下りてくるまで待っていた。

二人でおにぎりを頂《いただ》き、入《い》れ替《か》えてくれた熱いお茶を飲んで、お礼をいってから彦山荘《ひこさんそう》を出た。出たとたんに、あゆみはもう待ちきれない。

「ねえねえ、お父《とう》さん、ウォーカーさんとどんなお話したの？　さがしてるってだれのこと？」

「アッハッハハハ、タカツグ・サワダ、沢田高次、わたしのことだったよ」

「えーっ、ほんとに。でも、なんでお父《とう》さんのことさがすの、なんか悪いこと？」

父の顔が急に勢いをなくしたように見えたからだ。

あゆみは急いで父の手を握《にぎ》った。温かい手だった。熱のせいかもしれない。

「いいや、悪いことじゃないぞ。あゆみが心配するようなことじゃない」

二人は手を握《にぎ》ったまま、参道をゆっくり下った。家の前まできたとき、

「あゆみ、おまえな、外交官にならんか。女外交官だ」

父があゆみの目をまっすぐ見ていう。

「ガイコウカンてなーに。どういう意味？」

英語ではないらしいと父の顔を見て思ったが、さっぱりわからない。

「外交官は英語でディプロマートというてな、国と国が戦争なんぞせんように仲良くしていこうと話し合うのよ。そういう役目をもった役人で、仲良くしている同盟国《どうめいこく》同士が外交官をたがいに派遣《はけん》する。さっきな、ウォーカーさんにボルネオでどんな仕事をしていたのかと聞かれてな、自分は軍人ではなく文官で、国から派遣《はけん》された司政官《しせいかん》だったというたら、ウォーカーさんに外交官かと聞かれたよ。そうじゃないといったがね。当時は日本領で、バリクパパンというところに事務所を置いて、密林《みつりん》の中の原始的な村を訪《たず》ね回り、人口調査をしては道をつくり、学校を建て、大きな病院を建設した話をしたがね。かれが聞きたかったのは、それぞれの場所と、終戦直後の連合軍の戦争処理《しょり》を調べていたようだったなあ。あとはお母《かあ》さんが帰ってきてから、今夜ゆっくり話そう」

父はつかれたのだろう、畑の見える奥《おく》の自分の部屋にもどっていった。

その夜は最終便のバスで、母といっしょに女学校の寄宿舎に入っている姉の房江《ふさえ》も帰ってきて、父も久しぶりにみんなといっしょに飯台《はんだい》を囲んだ。おじやと汁《しる》だけの食事でも、父と姉がいるだけで楽しい夕食だ。姉の話には、ときどき男の人の名前も出てきて、なんとなくわくわくする。

「房《ふさ》ちゃん、村の男の人だれかれと話したらだめよ。すぐうわさになるんだから」

母がまゆをひそめる。

「まーあ、話ぐらいしたっていいじゃないの、お母《かあ》さん。汽車の中では久しぶりにここの人と会うのよ。上谷の常吉《つねきっ》ちゃんと太一《たいち》さんに会って、話しただけよ。学校ではいつもいわれているの、男には負けない女になれ、男女同権《どうけん》だって。常《つね》ちゃんは嘉穂《かほ》中学とのすもうの試合で勝ったんだってよ。太一《たいち》さんは文芸部に入って小説や詩を書くんだって」

あゆみは姉の話を聞くのが好きだった。月に一、二度、うちに帰るたびに姉は美しくなると思う。こいまゆ毛の下にばりっと張った二重《ふたえ》まぶたの目がかがやき、厚めの唇《くちびる》がきりりとしまっている。笑うときれいに並《なら》んだ白い歯が見え、頬《ほお》から唇《くちびる》にかけて光で照らしたようにかがやくのだ。なんといっても性格が明るい。話がおもしろい。あゆみは見とれる。

「このあいだ、アメリカ人がきたんだってねえ」

だれから聞いたのか、姉はもう知っていた。銅《かね》の鳥居《とりい》下のバス停から家に上がってくるまでの道で、地元のだれかがしゃべったのだろう。父が通訳をしたことも。

あゆみは、今日は父の話が聞きたくてうずうずしていた。

「ねえねえ、お父《とう》さん。あの人とどんな話したの？　英語よねえ、もちろん」

「そうだ。自信はないがね、ちゃんと伝わったかどうか。自分の場合はボルネオ島のバリクパパンにいたし、ときどき空襲《くうしゅう》はあったようだが、現地で激《はげ》しい戦闘《せんとう》があったわけじゃないから、身の危険《きけん》を感じることはあまりなかった。むしろ、戦争末期に司政官《しせいかん》として、責任者として、どう責任をとればいいのかばかりを考えた。今日きた人はね、終戦直後の、戦後処理《しょり》の様子を調査しているというとったな」

「ふーん。お父《とう》さんがボルネオでどんなことしたかとか、どんな病院をつくったかとか、そんなことを話したのね」

「ああ、そうだ。地図に書きこんであげた。学校も病院もそのままの形で続いとるそうだ」

「まあ、よかったこと。ご苦労のかいがあったというものですねえ」

母がにっこりしてうなずく。

「そうばっかりもいえんさ。学校、道路、病院などは侵略《しんりゃく》のためのひとつの方法でもあったろうからな。これはあとになってふっと思いいたったことだがね。ボルネオの話をしておくかな、いまのうちに」

「はい、ぜひ聞かせて。あなたは戦争反対を口にしたから、あんなところにやられたんですもの。師範《しはん》学校の生徒が見学するあなたの模範《もはん》授業は、有名だったわ」

母が優《やさ》しい目で父を見ていた。

3――父の敗戦・破滅《はめつ》への足音

ちょっと待ってくれ、いま話そうといって、父は病室にしている三畳間《さんじょうま》から大きめの帳面を持ってきた。こげ茶色の表紙で角々《かどかど》がすれてはいたが、わりあい立派《りっぱ》なボリュームのある帳面だった。

「お父《とう》さんのこと、たのむわね」と毎日、母にいわれるせいか、あゆみは父の顔をいつも注意して見るくせがついている。明日にでも死にそうな顔をしているかと思うと、いまはおだやかで、少し元気そうだ。

父がみんなの顔を照れくさそうに眺《なが》めている。今日は無精《ぶしょう》ひげも生えていない。

それから父がポツリ、ポツリと話しはじめた。

――いまになって思うと、大したことでもなんでもない気がしたり、いや、日本が敗れた日に自分がボルネオにいたというのは、やはりひとつの運命だったのだという気がするんだけどな。アメリカの調査官がこんな山の中の英彦山《ひこさん》にまでやってくるとはおどろいた。アメリカはしっかりした国なんだと思う。日本がかかわった場所には、ほとんど調査官が派遣《はけん》されたそうだ。未来に生かすためだと盛《さか》んにいうとったな。ほんとにおどろいたよ。

当時は太平洋戦争の真っ最中だ。昭和一七年のはじめ、沢田高次《さわだたかつぐ》は「ああ堂々の輸送船……」という歌に送られて、当時は日本領としていたボルネオ島（現カリマンタン島）に赴任《ふにん》していった。軍人ではなく、海軍軍属の文官で、教育や医療《いりょう》、密林《みつりん》の中の村の生活を向上させ監督《かんとく》する司政官《しせいかん》として着任した。沢田高次《さわだたかつぐ》はじめ教師、助教師、事務方など文教部隊四〇人、医者、看護婦《かんごふ》、薬剤師《やくざいし》、事務方など医療《いりょう》部隊四〇人、農業指導員一〇人の陣容《じんよう》である。医療《いりょう》部隊はのちほど到着《とうちゃく》の予定であった。

ボルネオ島に上陸するとき、司令部《しれいぶ》があった海辺のバリクパパン地区から入った。できたばかりらしい学校教育事務所に落ち着く間もなく、まず、日本人五人と通訳兼《つうやくけん》案内人一人を一班《いっぱん》として、密林《みつりん》の奥《おく》にあるいくつもの村の人口調査をした。比較的《ひかくてき》人口の多い村と村をつなぐ道路をつくり、教育を受ける機会がない子どもたちのために、学校を建てる計画をした。高次《たかつぐ》自身がもともと教師だから、人と材料さえあれば、学校の建設はお手のものだ。一村から一〇人ばかりの家づくりのうまい男をやとい、港に港湾《こうわん》事業で日本から整備にきていた技師たちも、木の伐採《ばっさい》や板や柱の製材を引き受けてくれた。

学校を建設していることが伝わると、だれより村の男たちが熱心に協力するようになった。粗末《そまつ》で、原始的ともいえる木造校舎だが、どうにかひとつつくってみると、いろいろとわかることがある。窓《まど》は棒《ぼう》で板を上にあげて突《つ》っ張《ぱ》る開閉式《かいへいしき》、校舎の入り口には足洗《あしあら》い場《ば》をつくった。ほとんどの子ははだしだった。少しずつできあがるにつれて、子どもたちが押《お》しかけてきた。見物にやってきて、板の床《ゆか》で眠《ねむ》る子もいる。

およそ一年半かけて七つの村の整備を終わり、五つの学校を建設した。木材でつくった素朴《そぼく》な学校である。教室は三つか四つで、三人かけられる縦《たて》長い机《つくえ》と、いす。職員室もつくった。柱と梁《はり》に使った木は鉄木《てつぼく》といわれていて、切り口はもも色がかったやわらかそうに見える木だが、何年も風雨にさらされていると茶色に変わり、鉄のようにかたくなり、虫も食わないし腐《くさ》らないという。

日本の小学校と同じようなものを三校、あと二つはせまい分教場とした。いっしょにきた日本人教師を三名、年長の先生を校長とした。ひとつの学校に地元の若者《わかもの》を二人ずつ採用してみたが、英語ができるし、日本語も勉強中という。優秀《ゆうしゅう》で熱心な青年たちだった。

村の事情を知るにつれ、何より急がれるのが病院だということがわかった。

ボルネオのまわりには大小さまざまの島が無数にあり、日本軍が懸命《けんめい》に戦い、勝《か》ち戦《いくさ》であるとは通信兵から情報が時たま入ってきた。しかし、密林《みつりん》の中を学校から学校へと回りながら、村の人たちと話し合いをもったり、熱病や疫痢《えきり》に似た病気がはやれば、消毒薬を持っていき、病人を訳《わけ》のわからない占《うらな》いやおいのりをする家族からはなし、衛生的な生活の大切さを話して聞かせねばならない。

子どもたちは病気をうつされて、あっけなくすぐに死んでしまうのだった。

なんといっても病院の建設が待たれ、学校建設とかけ持ちで建設現場にも出かけた。もっとがんばらねばと仲間同士はげましあい、現地やといの大工を叱咤《しった》激励《げきれい》、それが銃《じゅう》を持って戦《いくさ》をしない、自分たちの戦いだと自分にも仲間にもいいきかせ、懸命《けんめい》に働いた。

ようやく病院が八分どおりできあがったときはうれしくて、自分の財布《さいふ》からご祝儀《しゅうぎ》をはずんだ。日本人医師や看護婦《かんごふ》とともに、あやしげな植物などで病気を治そうとする患者《かんじゃ》たちを説《と》き伏《ふ》せ、病院に受け入れられるようになったのは、およそ一年後のことだった。

「ああよかった。これで自分がここにきたかいがあった」

と、肩《かた》の荷を下ろした気分になったのは、昭和一七年の暮《く》れだったろう。

『カリマンタン病院』と、丸太を縦割《たてわ》りにした大きな看板《かんばん》も立てた。

何よりうれしかったのは、院長として赴任《ふにん》してきたのが境谷研二《さかいやけんじ》だったことだ。婦長はじめ看護婦《かんごふ》や薬剤師《やくざいし》、事務方など一連隊連れてやってきた。敵連合軍の上陸や戦闘《せんとう》が当分ないと日本がふんだのだ。アメリカ軍の飛び石作戦で、ボルネオは攻撃《こうげき》対象からもれたことがわかったらしい。薬品などの物資も食料もいっしょだった。

院長と顔を合わせたとたん、

「ありゃあ、タカさんじゃなかと？　ああた、こげなところでなんしょっとですな」

と、のっけからの博多《はかた》弁である。

「こりゃどうか、ケンさんばいなあ、ようきてくれたのう。あたしゃ、そん山の向こう側の小学校の校長ですたい」

「相変わらず、すらごつばっかしいうてから……」

「なんがですな、学校もここもわしらが建てたとですばい。こりゃあ、ほんなこっちゃが、わっはっははははは」

博多《はかた》では、子どものころから二人は同じ町内に住み、中学も同じで、タカさん、ケンさんと呼《よ》び合う気の合う仲間だった。成人してからはそれぞれの道にすすみ、ボルネオにくるまでは、境谷研二《さかいやけんじ》は医師として九州大学の医局に通い、沢田高次《さわだたかつぐ》は大手門の師範《しはん》学校専門部《せんもんぶ》で教鞭《きょうべん》をとっていた。小学校の教師を育てる専門《せんもん》学校である。

一息ついて院長室でケンさんがいうには、

「長いあいだ、海の上をあっちの島、こっちの島と敵さんから逃《に》げ回《まわ》っては新規の若《わか》い兵隊を下ろし、やっとたどり着きましたたい。ここに着く前に死ぬるかち思いましたが」

「ほう、そげん危なかったとですな、あたしゃ、ずーっと密林《みつりん》の中ですけん」

「頭の上からは飛行機で爆撃《ばくげき》してくる。船の下からは魚雷《ぎょらい》がいまにも当たろうごつあった」

「ふーん。勝《か》ち戦《いくさ》のごたる情報はくるばってん、あやしかもんじゃな」

二人は声をひそめて語り合った。

タカさん、ケンさんが復活し、役所や村長にも病院の完成を知らせた。少しずつ患者《かんじゃ》が増え、軌道《きどう》にのってきた。

院長が着任して一カ月ほどおくれて、不思議なことに海軍の駆逐艦《くちくかん》が、高次《たかつぐ》がほしがっていた文房具《ぶんぼうぐ》を山のように運んできてくれた。輸送船でくるはずなのだが。

病院と道をはさんで向かい側にくっついている学校教育事務所で、駆逐艦《くちくかん》の副長から品物を受け取り、受取書に署名捺印《しょめいなついん》してわたすと、カチリとかかとをつけ、

「ジャングルの中の学校や病院はご苦労なことでしょう。どうかお元気で、司政官閣下《しせいかんかっか》」

と、挙手の礼をした。やはり軍人である。

「敵とまみえるあなた方こそ、勇気のいることでしょう。心からご武運をいのります！」

高次《たかつぐ》も挙手の礼を返した。優《やさ》しげな目をした青年将校《しょうこう》だった。

高次《たかつぐ》が事務方といっしょに、バンジャルマシンをはじめ各学校を回って担当《たんとう》を紹介《しょうかい》し、文《ぶん》房具《ぼうぐ》の石板《せきばん》、チョーク、ノート、紙、えんぴつ、帳面などの補給《ほきゅう》をし、一〇日ぶりにバリクパパンにもどると、病院の受付に患者《かんじゃ》が集まっている。病院の前にも人がたむろしている。

治癒率《ちゆりつ》が上がるにつれて、島内の遠くからわれわれが開いた道を歩き、自分たちで道をつくって村とつなぎ、川には丸木橋をかけて患者《かんじゃ》が集まり、近くの島からも病人を乗せて舟《ふね》をこいでやってくる。

ケンさんは鼻高々だった。

「ケンさん、がんばりすぎじゃが」といいながら、病院を広げ、建て増すことにした。

その後も病室を四室増やし、小さな食堂を玄関《げんかん》につくった。病院は大きく広がっていった。ケンさんや婦長たちの人柄《ひとがら》もあるのだろう、現地の医師や看護婦《かんごふ》も勉強にきて、いっしょに働くようになっていったのだった。

密林《みつりん》の中のどの学校にも子どもたちが増え、いくらかでも日本語のわかる地元の教師たちに入ってもらって、村の慣習や祭り、決まり事などを教え合いながら働くようにした。学校は七歳《さい》で入り、四年制である。五年生ともなれば家庭の立派《りっぱ》な働き手である。

日本語や字を教えても、ここでは何にもならない。学校の勉強は高次《たかつぐ》の独断で世界共通の数字でいくことにした。算数である。基本的な足し算《ざん》、引き算《ざん》、かけ算《ざん》、割《わ》り算《ざん》が中心である。すすんだ子には分数も教える。そして子どもたちが好きなのは歌であった。おどろくほど早くメロディーを覚えて、「出た出た月が」や「おててつないで」など、高次《たかつぐ》が行くとみんなで歌ってくれた。この子たちがここを故郷《こきょう》とし、地元の先生に字を習い、おくればせながら大きく育っていく基礎《きそ》となるにちがいない。学校がいつまでも続くことを願わずにはいられなかった。

村には農業指導員もやってきて、焼き畑農業や米づくり、多種の野菜の栽培《さいばい》も教えた。東北出身の指導員の中には、

「ここは、うまくやれば米が年に三回とれる豊かな土地ですなあ。見たこともなかった果物もある。もっと肥料など手を入れて、うまいマンゴーやパパイヤがつくれるはずです。チッソやリン酸カリは手に入りますからね。この土地で自分はさまざまな研究をしてみたい」

と、いいだす者もいて、高次《たかつぐ》はおおいにはげました。

高次《たかつぐ》が赴任《ふにん》した時期、はじめは日本も勝ちに乗って調子よくすすんでいっていたようだ。しかし、高次《たかつぐ》たちが学校と病院に必死にとりくんでいる一年半ほどのあいだに、情勢はどんどん悪化していったらしい。司令部《しれいぶ》の通信兵から信じがたい話を聞いた。

日本海軍は昨年、昭和一七年にガダルカナルに飛行場をつくる予定だと聞いていた。もうできたころかと思っていたところが、同時にアメリカ軍もガダルカナル島に上陸してきて、戦《いくさ》が起こり、日本軍は敗退した。しかし、ガダルカナルの奪回《だっかい》を期し、今度は陸軍が一木大佐《いちきたいさ》を隊長とする九〇〇名を上陸させた。だが奪回《だっかい》戦は敗退。一木《いちき》隊は全滅《ぜんめつ》し、大佐《たいさ》は自決したというのだ。応援《おうえん》の部隊も敗退し、日本はガダルカナルを放棄《ほうき》、海軍陸軍ともに多大の兵士を失った。日本軍はほかの島へ退却《たいきゃく》したが、大本営は退却《たいきゃく》とはいわず転進したと発表した。

近い場所にいた自分たちにとって、大本営の大ウソはこたえた。何がほんとうなのか。大本営の発表は信じられないと、ケンさんと小声で話し合った。

これからは、どんなことでも軍の情報は教えてもらいたい、自分たちも戦っているのだからと通信兵にたのんだ。

およそ半年あまり前、昭和一七年の半ば、もう少しだ、きばれ、きばれと、病院と学校の建設に必死になっていたころ、ミッドウェー大海戦で日本軍は大損失をこうむっている。航空母《ぼ》艦《かん》四せき、飛行機三二〇余機、兵にいたっては三五〇〇人を失うという大敗を喫《きっ》していたのだ。すぐには公表されなかった。

受け取っていたいろいろな薬品や医療《いりょう》器具、さらし、コメ、ムギ、塩、砂糖《さとう》、みそなどの食糧《しょくりょう》、さまざまな文房具《ぶんぼうぐ》、学用品、紙などが途絶《とだ》えがちになった。

昭和一八年になると、自分がいる島の近海の日本軍も敗退が相次ぎ、損害は多大なものだったようだ。

ニューギニアに向かってラバウルを出た輸送船団が空襲《くうしゅう》され、八せきが全滅《ぜんめつ》。三六〇〇人が沈没《ちんぼつ》した船と運命を共にした。何という愚策《ぐさく》か、敵の情勢をまったく知らないのではないか。軍部にきらわれることは承知で「いまは軍隊を動かすな。敵はこっちが動くのを待《ま》ち伏《ぶ》せしている」。軍令部に打電してくれと通信兵にたのんだ。

その直後、ラバウルを飛行機で出た山本五十六《やまもといそろく》連合艦隊《かんたい》司令長官が、情報もれで待ち構えていたアメリカ軍機にねらい撃《う》ちされ、墜落《ついらく》し戦死した。山本《やまもと》長官には元帥《げんすい》の称号《しょうごう》がおくられ国葬《こくそう》となった、とあとで聞いた。

一八年の半ばには、アリューシャン列島アッツ島の守備軍二五〇〇人が全滅《ぜんめつ》した。この事実が、日本軍の敗北を国が公表したニュース第一号だということだった。

「何千人、何万人殺せば軍部は気がすむのか。もういい、これで戦争は終わりだ！」

高次《たかつぐ》は密林《みつりん》の中でさけんだ。

一〇月になると、国内の学徒出陣《しゅつじん》が決まったという。全国七七の大学、専門《せんもん》学校から、三万人の学生がくりあげ卒業などさせられて、激戦《げきせん》の戦地に送られていったと聞いた。

「何というバカなことをするか。将来《しょうらい》の日本を背負《せお》うべき若者《わかもの》をむざむざ殺してどうするつもりだ」

もう少しで教師となるべき教え子の、だれかれの顔が浮《う》かんでは消え、浮《う》かんでは消えていく。

高次《たかつぐ》は高等学校、中学の生徒たちも危《あぶ》ないと思った。戦争にみいられたバカな軍幹部には何かがとりついている。日本をはなれて見ていると、そうとしか思えないのだ。

知るかぎりの福岡《ふくおか》県の中学校長に「生徒を守れ、血気にはやる生徒を戦《いくさ》に出すな。死に兵として使われるだけだ」との手紙を書いた。いずれも返事はなかったが。

その後、おどろいたことに、外部との連絡《れんらく》を禁ずるという命令が、日本から司令部《しれいぶ》に届《とど》いた。

昭和一九年になるとすぐ、大本営はインパール作戦を承認《しょうにん》し開始したが、敵の最新の兵器と物量の前には、日本軍がいくら勇猛果敢《ゆうもうかかん》に戦おうと敗れさるしかない。ボルネオ島のジャングルで何をいおうとどれだけさけぼうと、日本軍の敗退はやむことはなかった。

トラック島で艦船《かんせん》四三せき、航空機二七〇機が爆撃《ばくげき》で破壊《はかい》された。

マーシャル群島のクェゼリンとルオット島などの守備隊六八〇〇人が玉砕《ぎょくさい》したという。

敵の足音が高くせまってくる。追いつめられているのを全身で感じる。

いずれそう遠くない時期に決着がつくにちがいない。もう日本は負けるしかないではないか。

ちくしょう、学生たちよ、死ぬな、たった一人になっても生き残れ。

沢田高次《さわだたかつぐ》は学校をつくりつづけるぞ。ここにもどってこい。

心急《せ》くままに、いままでつくってきた学校建設の方法を生かして、理想的な学校をもうひとつつくりたいと考えていた。意地でもつくってやるぞ、見てろ！

病院にきた患者《かんじゃ》に聞いたといって看護婦《かんごふ》が教えてくれたのが、サマリンダに近い村に、オランダ領だったころの小さな洋館があり、オルガンが残されているという。音が出るか聞くと、いろいろな音が出るというのだ。

神の思《おぼ》し召《め》しだ。いまだオルガンは神様だ。

ジャングルを歩いては時間がかかる。漁師にたのんでポンポン船をやとい、飛び乗った。海を島沿《ぞ》いにすすみ、サマリンダの港から上陸した。ここは港町として開け、ジャングルにふみこむ道がいくつもあり、村へもかなり広い道が通じている。小山をひとつこえたところの高みに村があり、真ん中がかなりの広場になっている。広場から見ると、サマリンダの港町が海をバックに広がり、まさに一幅《いっぷく》の絵であった。この地こそ神の恵《めぐ》みといえる、何ともいえぬ美しさだ。洋風の建物が並《なら》ぶ港からこの山のふもとにかけて、ヤシの葉でふいた屋根が並《なら》び、かなり広い川が蛇行《だこう》していて、いくつもの漁師の船を浮《う》かべていた。

オランダからきた人は別邸《べってい》をつくり景色を楽しみ、オルガンをひいたのだろう。オランダ人の好きな歌を歌ったりもしたのだろう。敵とはいえ、気持ちがよくわかった。軍人ではなかったにちがいない。ここの広場のはしにヤシの葉の家が七つほど見える。

村長を訪《たず》ねた。色浅黒く、すもう取りのように太った大男だ。ラフなシャツとショートパンツで、きちんとしたかっこうをしている。好感のもてる男だった。さっそくオルガンを見せてもらった。おお、これだ。かけつけたかいがあった。思ったより新しい。さっそく村長である酋長《しゅうちょう》にたのんだ。（＊部族の長を当時の日本人は「酋長《しゅうちょう》」と呼んだ。）

「ここに学校を建てて、オルガンを置きたいのだが、どうだろうか。子どもたちが喜ぶぞ」

「学校？……このタオ村にか、ほんとうかあ？」

酋長《しゅうちょう》が地面に2×3＝6と書いた。

「それ、まさしくそれだ。日本では算数という。どうして知っている」

「おれはこのあたりの酋長《しゅうちょう》だ。この程度は知っとるさ。むすめにときどき教えるよ。このあいだ、村の者が腹《はら》の痛《いた》む病気で死にそうになったとき、あんたの病院で五日で治った。酋長《しゅうちょう》として礼をいう。あんただからいうけどな、よその村に学校ができて子どもたちが集まると聞いてよ、おれはうらやましかった。去年からこの村にも学校を建てたいと思っていたんだ。むすめ二人だけで遠い山向こうの学校にやるわけにゃいかんし、村には一二人の子どもがいる」

高次《たかつぐ》はふたを開けて片手《かたて》で、出た出た月が、まあるいまあるいまん丸い、ぼんのような月が、とオルガンをひいた。酋長《しゅうちょう》の子どもたちが出てきて歌い出した。高次《たかつぐ》はおどろいて、キーをまちがえてしまった。子どもたちがキャッ、キャッ、キャッと笑う。

いま、日本の童謡《どうよう》がはやっているという。

♪ カラスナゼナクノ、カラスハ山ニ、カワイイ七ツノ　子ガアルカラヨ……

高次《たかつぐ》が歌いながらひくと、子どもたちが声を張り上げる。どんな歌詞《かし》を歌っているのか、さっぱりわからなかったが。

「おれを校長にするなら学校づくりに協力する。川が曲がっているところから入った山にも一〇戸ほどの村があって、子どもが二〇人くらいいる。そこの子どもたちもくる」

酋長《しゅうちょう》が胸《むね》をたたいた。まあ、いいだろうと承知した。

「あんたはえらい人なんだろう？　軍服着てないし、お金使う人だから」

と聞くので、大したことはない、タカさんと呼《よ》んでくれといった。

それからは「タカさん」の連発だった。

柱と梁《はり》に使う鉄木《てつぼく》はかなり物置《ものおき》に残っていたが、壁《かべ》に使う板がなかった。

酋長《しゅうちょう》に相談すると、タカさん、まかせとけ。この港のはずれに製材所があるのよ、タカさん。友達で、昔は景気がよくて五、六人も使っていたがな、いまは戦争で注文がなくなって困《こま》っているのよ、タカさんよ。ぜひその友人にたのんで、学校づくりに協力してもらうことにしたいと思う、タカさんよ。

早くつくりたいのだ、学校は。費用はすべて自分が出すからというと、ノーノー、校長になる自分が出す、大工も知り合いがいるという。けっきょく半分ずつ出すことにした。

石板《せきばん》、チョーク、えんぴつ、ノート、紙などはわたしのところにあるから、ここに持ってくる。字や数字を覚えるのに学校で使うものだからな。地元で先生を二人やとって、きちんと勉強させよう、というと、酋長《しゅうちょう》は飛びかかるように高次《たかつぐ》に抱《だ》きついてきて、しっかり手を握《にぎ》り合った。石板《せきばん》とチョークがあれば何でも覚えられる、と酋長《しゅうちょう》はうれしくてたまらないという様子でくりかえした。

その日、簡単《かんたん》な建築の図面と、高次《たかつぐ》が考えていた学校の出来上がり図を書いているあいだも、酋長《しゅうちょう》はそばに座《すわ》って手元を一生懸命《いっしょうけんめい》に見つめている。つい、ていねいに書いたので思わず時間をとり、待ちきれないという顔になっている酋長《しゅうちょう》に手わたしたのは夕暮《ゆうぐ》れであった。オルガンのある洋館に泊《と》まっていけとすすめられたが、学校教育事務所を空けるわけにはいかない。何が起こるかわからないときなのだ。

また船でバリクパパンにもどった。港まで送ってくれた酋長《しゅうちょう》が、高次《たかつぐ》の船が港を出てからも、熱心に図面に見入る姿《すがた》が遠く見えていた。

久しぶりに心満たされた一日であった。

その晩《ばん》、学校教育事務所で寝《ね》て病院長室に顔を出すと、一台きりの手製ストレッチャーで院長が寝《ね》ていた。夜中まで働いてつかれきったらしい。のろのろ起き上がった院長をあらためて見ておどろく。

ふっくらとした丸顔が、頬《ほお》が落ちて長くなっている。二重あごもない。

「ケンさん、やせたたいね。体のどこか悪かっちゃなかとね」

「何をいわすやら、医者に。タカさんのほうがよっぽどやせとるたい。目ん玉ぎょろっとしとるが。あたしゃ、こんぐらいの体重がちょうどよかと」

そういえば、米の飯はこのところ食べていないのだった。病院の入り口の右手に小さな食堂をつくっているが、何やらとろみのある汁《しる》の中に団子《だんご》に似たものや青菜が入ったものが出てくる。

高次《たかつぐ》はさっそく、病院と並行《へいこう》して北側につくっている五つの倉庫の中を点検した。文房具《ぶんぼうぐ》はかなり残っているので安心した。しかし薬品が残り少ない。食料が残り少ない。本国からの物資は何も届《とど》かなくなっていた。農業指導員に比較的《ひかくてき》豊かな村を聞いて、村に買い出し部隊を出すことにする。二回目である。作付けをうまくやれば、草取りと土寄せくらいで作物はよく実るけれども、男たちは狩《か》りに行くのは好むようだが、畑をつくって耕すことはあまりしないようである。

以前、たぬきに似た動物を、お礼にとかついで持ってこられて往生したことがあった。いまは、何でも食べられるものであればほしい。タロイモなど、うまくつくればいくらでもとれるのだが……。

以前、現地の人からヘビがうまいと聞いたことがある。でかいニシキヘビでもいいのだが。看護婦《かんごふ》たちが夜明けに起きて畑をつくっているという。患者《かんじゃ》が多く、みんなつかれきっているのに申《もう》し訳《わけ》のないことだ。

「サイパンが陥落《かんらく》しましたっ」

通信兵が学校教育事務所に走りこんできた。

「なにっ、サイパン島が」

サイパンには日本人が二万人以上住んでいるはずだ。なんといっても日本に近い。

同じ輸送船できた仲間たちが五〇〇人ほどここで降《お》りた。あとで聞いたところでは、日本軍守備隊約二万七〇〇〇人、隊長南雲《なぐも》忠一《ちゅういち》中将《ちゅうじょう》。守備隊は全滅《ぜんめつ》、共に戦った住民の半分は戦死したようだという。子どもや赤《あか》ん坊《ぼう》がたくさんいたにちがいない、どこかにかくしてでもいたのだろうかと思う。まさか、むじゃきに笑う子を撃《う》ち殺《ころ》せはしないだろう。

続いてグアム、テニアンがやられた。同じあの輸送船できて各島に補充《ほじゅう》されていった仲間たちはどうしたろう。

住民を巻《ま》きこんでしまった戦争の、容赦《ようしゃ》ないアメリカ軍の銃撃《じゅうげき》で地獄《じごく》がくりひろげられたにちがいない。こんなことを神は許すのだろうか、許すわけがない。

どう考えても軍幹部の頭がおかしい。血迷っているとしか思えない。本国の軍部をのろった。

その後、日本軍の連合艦隊《かんたい》はフィリピン奪回《だっかい》をめざして、レイテ湾突入《わんとつにゅう》を敢行《かんこう》した。戦艦《せんかん》大和《やまと》、長門《ながと》、武蔵《むさし》、金剛《こんごう》を中心に海軍の強力編成である。しかし武蔵《むさし》が沈没《ちんぼつ》し、戦艦《せんかん》三せき、潜水艦《せんすいかん》八せき、空母四せき、駆逐艦《くちくかん》八せきなどの損害を受け、海上戦力は壊滅《かいめつ》状態となっていった。

サイパンに飛行場をつくったアメリカ軍の、日本本土攻撃《こうげき》と上陸作戦が始まるだろう。周囲の島々は騒然《そうぜん》となっていった。負けるもんか、タオ村の学校は完成させるぞ、待ってろ、酋《しゅう》長《ちょう》。ただ愚直《ぐちょく》に、とりつかれたように、高次《たかつぐ》はサマリンダの学校建設に打ちこんだ。

そして、ついに昭和二〇年二月、米軍七万五〇〇〇人が硫黄島《いおうとう》に上陸し、栗林忠道《くりばやしただみち》以下二万三〇〇〇人が玉砕《ぎょくさい》した。間もない四月一日、とぎれとぎれの信号といいながら「アメリカ軍が沖縄《おきなわ》に上陸した」と通信兵が悲痛《ひつう》な声で告げた。

読谷《よみたん》から上陸した敵連合軍は、あっという間に沖縄《おきなわ》を横断し、住民を戦いに巻《ま》きこみ、中学生も女学生も戦いの中で死んでいった。沖縄戦《おきなわせん》は自分が見たもっとも苛烈《かれつ》な、最悪の戦いだったとアメリカの記者が報道した。少年兵らは、自分の育った土地を奪《うば》う敵へ憤怒《ふんど》と悲しみのさけび声をあげ、撃《う》たれ、うめきながら死んでいったにちがいない。

次は九州だ、くるぞ！

サマリンダのタオ村の学校は、もうすべての骨組《ほねぐ》みはできていた。酋長《しゅうちょう》の友人は案外に腕《うで》のいい大工のようだった。高次《たかつぐ》は学校のそばに桜を植えたかったが、日本人の郷愁《きょうしゅう》を持ちこんでどうすると思い直し、いいだせなかった。記念の木を植えるように酋長《しゅうちょう》にたのんだ。

「精霊《せいれい》が宿る特別な大きくなる木を植えよう。子どもが木陰《こかげ》で遊べるような」

「タカさん、いい思いつきだ！　おれが死んでも木と学校は残る、なあタカさん」

「そうだ、子どもたちもな」

酋長《しゅうちょう》がまた抱《だ》きついてきた。自分の村の学校とはいえ、わたしと同じことを考えるものだ。

サマリンダの司令部《しれいぶ》で、最後の通告ともいえるものをひそかに聞いた。アメリカはじめイギリス、ソ連、中国の連合国が提示した一三カ条のポツダム宣言《せんげん》を、日本はのまざるをえないだろうとの話だ。

「さっさと手を上げろ、いつまでかかる、何をもたもたしとるか。若者《わかもの》を殺すのはもういい。日本はほんとうに破滅《はめつ》するぞ」

バリクパパンにもどってきて間もなく、新型爆弾《ばくだん》が広島《ひろしま》、長崎《ながさき》に落ちたと聞いて一週間後、ついに通信兵が目を真っ赤にして敗戦を知らせてきた。

正直いっておどろきよりも、「ようやくきたか、おそすぎたぜ、どれだけ若者《わかもの》を殺したか。このバカたれが！」と毒づいた。

しかし聞いた直後、毒づいたにしてはだらしなくめまいがして、しばらく机《つくえ》にしがみついていた。敵を激《はげ》しくにくみつつ、この日がくるのをどれほど待ったことか。

山奥《やまおく》の村々には日本人がいる。村の学校の教師たちであり、農業指導員たちだ。村の人たちとはうまくいっていた。平地で土壌《どじょう》の質のいい場所は作物もよく実り、水のあるところでは米も根菜類《こんさいるい》も豊富に採れる。子どもを抱《だ》いて畑仕事をする女性をよく見かけたが、村の男たちはあまり働かないようだった。

病院だけは黒山の人だかりといっていいほどで、病人、けが人が毎日、何十人もきていた。

軍令部からの敗戦の報が入ると間なしに、遠くにいる者にそれを知らせるため、村人何人もにたのんで簡単《かんたん》な手紙を持たせ、指導員の位置をさがしてもらったが、なかなか全員は見つからなかった。

戦争が長引くにつれて、密林《みつりん》の奥《おく》の村に入ったにちがいない。

当時ボルネオ島は、アメリカの飛び石作戦とかで、幸いなことにはアメリカ軍は上陸せず、昭和一七年のバリクパパン沖《おき》海戦での日本の敗戦以後は、通信兵から聞いた、ニューギニアやサイパンのような激戦《げきせん》や玉砕《ぎょくさい》ということはなかった。しかし昭和一九年半ばになると、すべての物資が底をつき、もうお手上げ状態で、毎日軍令部に出かけ、食料送れ、薬送れと打電しつづけていたのだった。

敗戦の報から二時間後、ショックと胸《むね》のさわぎが少し収《おさ》まって、全職員に敗戦を伝えた。院長はじめよごれた白衣を着た看護婦《かんごふ》たちは、たがいに手を握《にぎ》り合ってしばし唇《くちびる》をかみしめた。声を上げたり涙《なみだ》を流したりする看護婦《かんごふ》は一人もいない。実に見事なものだと敬服《けいふく》する。まわりの島々の敗戦のうわさや患者《かんじゃ》の話で、この日がくることを覚悟《かくご》していたにちがいない。高次《たかつぐ》は、アメリカ連合軍がくるまで、冷静に誇《ほこ》りをもって仕事を続けようと訓示した。

中一日置いて翌早朝《よくそうちょう》に、豪州《ごうしゅう》軍がまず戦車でバリバリ機関銃《きかんじゅう》を撃《う》ち放《はな》しながらやってきた。高次《たかつぐ》たちと村人が森を懸命《けんめい》に開いてつくった道を、だ。そのあとにどっと連合軍の兵士が重《じゅう》装備《そうび》で、

「日本は負けた。戦争は終わった。武器をすてろ」

と、拡声器《かくせいき》の大声でどなりながら病院に入ってきた。

薬の在庫がいよいよ底をついたと確認《かくにん》していたときで、なにやら子どもたちのさわぎたてる声や悲鳴が何度も聞こえてきたと思ったら、銃《じゅう》を構えた兵を先頭に薬剤室《やくざいしつ》にどやどやと入ってきた。そして、動くなっ、と命令され、高次《たかつぐ》は急いで棚《たな》の奥《おく》の青酸《せいさん》カリの小ビンを内ポケットに押《お》しこんだ。

「責任者はどこにいるか！」とはっきりと聞き取れる英語が聞こえた。高次《たかつぐ》は手にしていた唯一《ゆいいつ》残っている大きな消毒液のびんを高く差し上げた。

まわりを、見上げるばかりの大男の銃《じゅう》で囲まれ、消毒液をとりあげられたとたんに、がちゃりと手錠《てじょう》がかけられた。そして両側から雲をつくような男に抱《かか》えられて、いちばんせまい病室に連れていかれ、柱にしばりつけられた。そこは子どもの病室で、寝《ね》ていた子も付《つ》き添《そ》っていた親もみんな追い出され、悲鳴を上げ、泣きさけびながら、高次《たかつぐ》の足にしがみつく子もいた。

「連合軍の司令官《しれいかん》に大至急《だいしきゅう》会いたい」

と、頭の中を整理しながら、高次《たかつぐ》は片言《かたこと》の英語でさけびまくった。

ここの患者《かんじゃ》たちも心配だったが、村々にいる敗戦を知らないわずかの日本軍や、医療《いりょう》関係者や教師、技術者たちが、山の中で敵と出会い、鉄砲《てっぽう》を撃《う》ちでもしたら、みな殺しにされるにちがいない。あの大男たちは、ボルネオ島上陸に際して神経をとがらせているにちがいないし、最新の武器で重装備《じゅうそうび》をしているのだから。

気が気ではなく、あせりにあせり、さけび、床《ゆか》をけりまくった。

「司令官《しれいかん》だ、司令官《しれいかん》に会わせろ、司令官《しれいかん》はどこにいるか。隊長でいい、隊長だ、早く、隊長を呼《よ》べ！」

高次《たかつぐ》がかすれ声になったころ、めずらしく小柄《こがら》な軍人が入ってきた。きびしい顔をしている。士官のようだ。

高次《たかつぐ》は、わめいているうちに、少しずつ頭の中も整理されてきたようで、

「たのむ、たのむ。わたしの執務室《しつむしつ》の壁《かべ》に、密林《みつりん》の中の六つの村の記してある地図が張ってある。その村には学校を建てて、日本人の教師たちがいる。農業指導をしている技術者や何人かの軍人もいる。かれらに戦争が終わったことを大至急《だいしきゅう》知らせてほしい！　武装《ぶそう》した敵に手向かいせぬように、一刻《いっこく》も早く山を出て司令部《しれいぶ》にくるように、いや病院でもいい、使いを出してくれ。かれらはほとんどが軍人ではないのだ」

英単語をかき集めて、夢中でしゃべった。

「落ち着いてください。あなたのいうことはわかりました。だいじょうぶです。まず、あなたの名前を教えてください」

おどろくほど流暢《りゅうちょう》な日本語だった。一瞬《いっしゅん》にして頭が冷えた。

「司政官沢田高次《しせいかんさわだたかつぐ》だ。君は日本人か？」

日本語を聞いたとたんに、自分が落ち着いているつもりでもいかに混乱《こんらん》し、のぼせているか自覚した。こんな瀬戸際《せとぎわ》に取《と》り乱《みだ》すなんて、なんと恥《は》ずかしいことだろう。

高次《たかつぐ》は非礼をわびて、あらためて名乗った。そして村に人を出してくれるようにたのんだ。

「わたしは日系二世《にっけいにせい》のケイ・ヨシダといいます。オーストラリア軍の副隊長です。沢田《さわだ》さん、もうボルネオの密林《みつりん》にいる人たちも、村や町の人たちも戦争が終わったことを知っていると思いますよ。飛行機から終戦と同時に一万枚《まい》のビラをまきましたから」

「飛行機？　ビラだって？」

「はい、そうです。八月一四日、アメリカ大統領のトルーマン氏が、ポツダム宣言《せんげん》を日本が受諾《じゅだく》したと発表したその日から、一日一万枚《まい》ずつ日本語と英語で書いたビラをつくりましたからね。上陸する前に一万枚《まい》のビラをまきましたよ、この島の上で」

「飛行機からビラをまいただって？　信じがたいが……」

「じゃあ、自分の目で確かめてください。昨日午後、猛烈《もうれつ》なスコールがきたので、字がはげ落ちたかもしれません。今日もいまからまた五〇〇〇枚《まい》まくことにしています。村を中心に上からまきますので、見てください。沖《おき》の航空母艦《ぼかん》から飛行機が飛びますよ。あっという間ですがね」

ケイ・ヨシダは、しばられている高次《たかつぐ》の服の上から何カ所か押《お》さえて簡単《かんたん》な身体検査をし、ポケットから青酸《せいさん》カリの小ビンを見つけ出した。

「日本人全員に武装解除《ぶそうかいじょ》を命じます。死ぬことは禁止します。いいですか、約束してください。というよりも、あなたは死ぬ必要はありません。軍人ではないのですから。昔の侍大将《さむらいだいしょう》は、負けると腹切《はらき》りして責任をとったそうですね。そんな野蛮《やばん》なことは絶対にしないでください、沢田司政官殿《さわだしせいかんどの》。日本人職員、軍人全員に命じます」

「命令に従《したが》う。いま死ぬ気はない。まず部下のことを考えねば。終戦ならば、無事に国に帰さねばならんし、何よりも村の学校やこの病院をきちんとして、あなた方に引きつがねば、これまでの自分たちの努力の意味がなくなる。大急ぎでせねばならぬことがたくさんある。わたしが責任をとるのはもっとあとだ」

「わかりました。安心しました。武士に二言はないですね。あなたは英語ができるようだ。これからはわたしに協力してください」

「そうはいかん。英語もできるうちには入らん。わたしには、いまいったように日本人全員を国に帰す責任があるのだ。そのために必要なことなら協力する」

「日本人独特の謙遜《けんそん》ですね。アメリカ人なら逆に、自分は英語ができるといいますよ。自分の仕事も日本人を国に帰すことです。あなたたちは輸送船でここに送られてきたでしょう。あの船をもう一度、むかえによこせと日本に命じることができます」

「あの船は帰りに、コタキナバル沖《おき》で撃沈《げきちん》されたと聞いておる」

「ほう、輸送船を撃沈《げきちん》ですか。それはおしいことを……。ボルネオ島の密林《みつりん》の村に学校を建て、米づくりを指導し、こんな大きな病院を建設されたことに敬意《けいい》を表します。実は一月前からこちらでは村の周辺に人を送り、すでにさまざまな情報を手に入れています。わたしとあなたの仕事は同じです。日本人が早く国に帰れるようにわたしは努力します。あなたの協力が必要です」

ケイ・ヨシダは日本式の最敬礼《さいけいれい》をした。

「了解《りょうかい》した。君がいったことは守る」

「それならば、あなたの拘束《こうそく》を解きます」

ケイ・ヨシダ副隊長は、入ってきたときよりなごんだ顔つきで、高次《たかつぐ》の手錠《てじょう》をはずした。

「病院から外に出ないなら、いままでどおりここの病院の中にいて、病院をやっていってください。ここにきて、さすがに日本人だと思ったことがあります。われわれがバリクパパンから上陸し、病院にきて、拳銃《けんじゅう》を突《つ》きつけて『おまえらの日本は負けたんだ、手を上げろ』と強盗《ごうとう》のように病院に押《お》し入《い》ったとき、大さわぎしたのは患者《かんじゃ》や子どもたちだけです。医者も看護《かんご》婦《ふ》もいそがしそうにわれらを押《お》しのけ、小走りで歩き、じろりとわれわれをにらんだだけでした。わたしは誇《ほこ》らしくさえ思いました。職業意識に徹《てっ》していて、実に冷静で敬服《けいふく》しました。あなたの指導ですか」

「いやあ、院長だろう。病院の連中はみな肝《きも》がすわっている。覚悟《かくご》もしている。それはいいが、山に入った仲間が出てこないときは……」

「そのときはまた考えましょう。一週間ほどで日本人の収容施設《しゅうようしせつ》をつくります。あとはそこに全員入っていただきます。軍の規律《きりつ》はきびしいですが、人としての権利《けんり》は守られます」

「わかった。実はこの病院の薬がほとんどなくなっている。もし余分の物があれば提供《ていきょう》してもらえないだろうか。胃や腸の薬、アスピリン、消毒薬や傷薬《きずぐすり》、包帯も足りないのだが」

「薬は連合軍の医療班《いりょうはん》が十分に持っています。女性の看護兵《かんごへい》もいますし、わたしからあなたの希望を伝えます」

「温情、心から感謝する」

「一時間後に、沖《おき》の航空母艦《ぼかん》から飛行機が飛び立ちます。ビラをまくので見ていてください。あっという間ですが」

軍靴《ぐんか》のかかとをカチリとつけて直立し、挙手の礼をして、ケイ・ヨシダは出ていった。

礼儀《れいぎ》を心得た男だと思いながら、高次《たかつぐ》は、飛行機から終戦のビラをまくという思いもしない方法にあぜんとしていた。そんなことに使う飛行機など、わが方には一機もありはしない。

一昨日までは、敵に上陸されたら、もう肉弾戦《にくだんせん》以外にはないと思っていたのだ。鉄砲《てっぽう》も拳銃《けんじゅう》も何より大切にしていたのだった。

病院の中はさわぎが収《おさ》まって、子どもたちの声がわずかにしていた。何気ない様子でろうかを歩き、看護婦詰所《かんごふつめしょ》をのぞいた。

「いよいよ豪州《ごうしゅう》軍と連合軍が上陸してきた。病院から絶対出ないように。窓《まど》から見えるからわかるが、敵の見張りがずらりと立っている。わたしたちや患者《かんじゃ》を守るためだと考えよう。いや、戦争は終わったんだから敵じゃない。これから一週間はいまの仕事を続けてくれ。君たちの態度は立派《りっぱ》だったと、敵の、じゃなかった、副隊長がほめていたぞ。いつになるかわからんが、わたしがきっと国に連れて帰るからな」

といったとたん、わーっと泣き声とも歓声《かんせい》ともつかぬ声が上がった。

「沢田《さわだ》先生こそ気をつけてください。いずれみんないっしょに日本に帰りましょう」

帽子《ぼうし》に赤十字《せきじゅうじ》のマークをつけた婦長が、涙《なみだ》をためた目でさけぶようにいう。

「みんなよくがんばった。あと一週間だ。連合軍の医療班《いりょうはん》が薬を持ってくるかもしれん。たのんでおいたからな。そのときは愛想《あいそ》よくサンキュウ・ベリーマッチといって、遠慮《えんりょ》なくもらう」

はーいと看護婦《かんごふ》たちが声をそろえた。みんな、がら空きの薬戸棚《とだな》が心配のタネだったのだ。

「沢田《さわだ》先生のぬけ目のないのにはおどろきました」

婦長がくすくす笑う。

院長室に行ってみると、二つ年上の院長は、すみのほうの小机《こづくえ》にかがみこんで、何やらしている。

「院長、敵さん、とうとうやってきましたな。初日はなんとか収《おさ》まりそうですが……」

「お、おっ、沢田《さわだ》さん。逮捕《たいほ》されたち聞いとったとですが、なーんだ、デマじゃったか」

「まあね。やっぱケンさんでいこ、ケンさん、屋根に上ってみらんね。飛行機からビラまくそうですばい」

「えーっ、ビラ？　ビラちゃなんね、タカさん」

「大日本帝国《ていこく》敗戦のビラまきを見るのも、まあ記念になりますたい。なんしよったとですな、すみのほうで」

ケンさんは困《こま》り顔をテレ笑いでかくしながら、看護婦《かんごふ》が、まさかのときに使うため青酸《せいさん》カリがほしいというので、小分けしていたのだという。

「いらん、いらん、そげなもん。冗談《じょうだん》じゃなかたい。それよかケンさん、屋根に上がろうや。敗戦のビラまきを、上って見ろうや。この一週間を無事に乗りきりゃあ、軍の収容施設《しゅうようしせつ》に全員移されますけん。病院よりずっと安全ですばい」

「えーっ、収容施設《しゅうようしせつ》？　看護婦《かんごふ》たちはだいじょうぶじゃろか」

「連合軍の医療班《いりょうはん》には女性もおりますたい。規律《きりつ》はきびしかげな」

「あーあ、よかったあ。心配したが、もう。ばってん、タカさんよ、敵さんといつそげな話したとね。通訳《つうやく》がおったとね？」

「そげなもんはいらん、いらん」

院長と高次《たかつぐ》は、はしごをかついできて病院の屋根に上った。

飛行機はなかなかやってこなかった。

「長崎《ながさき》に新型爆弾《ばくだん》が落ちて、そうとうやられたそうなが、親戚《しんせき》やら友達がおらっしゃったでしょうな？」

「両親と伯父伯母《おじおば》、そん子どもたちが七人ばかしおりますばってん、どうなったやら……、友達が何人もおりましたが」

ケンさんははるかな彼方《かなた》を眺《なが》めてつぶやく。

病院の玄関前《げんかんまえ》はバリクパパンの海のほうに向かって広場があり、遠くに海が見える。裏側《うらがわ》は密林《みつりん》が押《お》し寄《よ》せるように樹林《じゅりん》がせまり、病院の両端《りょうはし》に便所が二カ所と、中ほどには病院と並《なら》んで大小の倉庫があった。玄関《げんかん》の右手に小さな食堂がある。

「どうせ負《ま》くっとなら、一カ月ばかし早《はよ》う戦《いくさ》ばやめときゃあ、新型爆弾《ばくだん》なんち落ちとらんとにのう。なんちゅうバカタレばっかしが上のほうにそろうたもんかい」

ケンさんが舌打ちしてがなりたてる。

「ほんなこっちゃ、あきれとるたい」

空からは痛《いた》いような日差しが降《ふ》り注《そそ》いでいた。

二人は、腹《はら》が減っている以外はなぜかのんびりしていた。

やがて、かすかに爆音《ばくおん》が聞こえてきたかと思うと、それは急激《きゅうげき》に大きくなり、こちらに向かってくる飛行機が見えた。そして、あっという間に頭の上を通りすぎ、低空飛行に移ったとたん、白い小鳥の群れが飛行機のまわりで飛んでいるようにビラが見えた。ビラは風に流れ、大きく広がり、見えなくなった。二人とも立ち上がっていた。

「村の上空でまいたとやろか」

ケンさんが首をかしげている。

「英語と日本語で『日本が負けて戦争は終わった』と書いちゃるげな」

焼けつくような光の中で、しばらく黙《だま》って顔を見合わせていた。

ほんの一瞬《いっしゅん》のあれだけで、密林《みつりん》の中や村にいる仲間たちが、敗戦を知って下りてくるとは、とても思えない。きたえぬかれているかれらは、そう簡単《かんたん》に負けたなどとは信じないだろう。

それからは、病院や学校を次の経営者に引きつぐための仕事を、ケイ・ヨシダに命じられ、書類づくりに忙殺《ぼうさつ》された。『学校も病院も、現状を日本語でくわしく書き、書類にしてほしい。後日、英訳《えいやく》させる』とのことだった。

4――さらば 学校

三日ほどたってから、近くの二つの村の教師たちの代表二人が、ビラを見て病院にやってきた。いきなり病院の裏《うら》からきて中を通り、学校教育事務所に姿《すがた》を現したのでおどろかされた。敵のデマ作戦ではないかと思ったが、念のために確かめにきたという。

「おっ、田中《たなか》校長、よくもどってこられた。学校のみなさんは元気ですかな」

日本人教師の中ではいちばん年上で、教師たちを統括《とうかつ》してくれているかれには、日本の状《じょう》況《きょう》もかくさず話していた。もう一人は情熱いっぱいの体育教師、溝口《みぞぐち》先生だった。柔道三段《じゅうどうさんだん》である。

「はい。ここの玄関《げんかん》には敵の見張りがいて入れない気がしたので、裏《うら》に回って入り口をさがしてたら、倉庫の戸が開けっ放しでした。ろうかに出てかがんで歩いて、やれやれです。負けたんですよね、沢田司政官殿《さわだしせいかんどの》。さすがに落ち着いておられますな」

「そうです、敗戦です。大日本帝国《ていこく》が無条件降伏《こうふく》です。そうか、倉庫の外とびらが開いてましたか。中は空っぽですからな、あっはっはっはっ！」

「やっぱりね、負けたんですなあ。なんもかも終わったわけだ、まったくひどい話ですな、はっははは」

高次《たかつぐ》は久しぶりに会った教師と、なぜか急におかしくなって、いっしょに笑った。だれに遠慮《えんりょ》することなく大笑いした。

このときになってはじめて、がんじがらめに身をしばり、心を押《お》しつぶしていた意識過剰《かじょう》な日本人司政官《しせいかん》という責任感がぬけ落ち、頭の中を風が通りぬけていくような気がした。やっと終戦が実感できたといってもいいだろう。

「あのビラは敵の作戦ビラだと思っている日本人が多いですよ。われわれもそう思いましたし、まして軍人はね。敵性語といわれて禁止されている英語といっしょに書いても信じませんよ」

年配の田中《たなか》校長が首をふる。

「だろうな。これからは、その敵性語が大事になるかもしれんがね」

なぜか突然《とつぜん》に、一〇年あまり前に、新しい教育状況実地視察《じょうきょうじっちしさつ》で滞在《たいざい》したことのあるニューヨークやサンフランシスコの景色が、目の裏《うら》をスーッとかすめて過ぎた。

院長室に行き、密林《みつりん》にいる日本人たちに早く終戦を知らせるにはどうすればよいか、話し合いをもった。

「やはり、書いて知らせるしかありませんな。通信手段《しゅだん》がないんですから。学校には紙と筆はたくさんありますよ。われわれがこれからこっそりもどってとってきましょう」

「いや、ビラを見て下りてきたとわたしが副隊長にいいましょう。そのほうがいいでしょう」

「うちの学校にも筆や墨《すみ》やすずりも新品があります。使いようがなくてですなあ。〝あいうえお〟なんか教えても、どだいムダ。子どもたちは音楽だけは好きで、ハーモニカ吹《ふ》いてやると、すぐに節をつけて歌う。口移しで日本の唱歌をかたっぱしから教えましたよ。こんなのをね」

おててつないで のみちをいけば
みんなかわいい ことりになって
うたをうたえば くつがなる
はれたみそらに くつがなる

おかしなことに、声をそろえて、みんなで歌ってしまっていた。

「カタカナで歌を書くと、くりかえしているうちになんとなく覚える。不思議なもんです。ずーっと音楽の時間ですな、ははは」

病院にもっとも近い学校の教師たちだったが、案外のんびりしている。子どもたちの親や村の人たちともうまくいっているのだろう。

「農業指導員の詰所《つめしょ》に行ったら、タロイモが前年の二倍採れそうで困《こま》っていましたよ」

「ほう、めでたいことだろうに、なぜかね。こっちはノドから手が出るほどほしいのだが」

「タロイモをあんまりたくさん畑の神様からもらうと、神様がおこって、次の年くれなくなったらどうしてくれると、ねじこまれたそうです」

「うーん、なるほど。収穫期《しゅうかくき》はまだ先よなあ。早めに掘《ほ》って少し分けてもらえんかな。病院用の食料にね。というのは、看護婦《かんごふ》たちを寮《りょう》に帰さず、病院の詰所《つめしょ》に泊《と》めたいと思うてな、当分。寮《りょう》には炊事《すいじ》のばあさんがいるだけで、用心がいまいちでな。なんちゅうても、うちの看護《かんご》婦《ふ》は美人ぞろいじゃから危《あぶ》ないよなあ、はっはっは」

とちゅうから入ってきた院長が、久しぶりににこにこしている。終戦で肩《かた》の荷を下ろしたことはまちがいない。食料を気にしているのだろう。みんな栄養失調である。

「わかりました。山からもどった人たちもここで引き受けて、まとまりましょう。五〇床《しょう》のうち、動かせる入院患者《かんじゃ》を五室に入れて、二部屋空ける……、ちょっと婦長を呼《よ》んでくれ」

高次《たかつぐ》は外を通りかかった看護《かんご》助手にいった。

婦長が小走りでやってきた。

看護婦《かんごふ》たちのために病院の部屋を二つ空けると聞いたとたん、婦長の顔に笑《え》みが広がった。

女だけの一二名、やはり山ぎわの寮《りょう》の夜を心配していたようだ。

「院長室も使っていいぞ。わしが看護婦《かんごふ》の寮《りょう》に寝《ね》かせてもらお」

「ありがとうございます。みんなが安心します。では、さっそくに。院長、三〇分後、オペですよ」

「ほい。まわりがどう変わろうと、人使いの荒《あら》さは変わらんのう、婦長」

ドンと婦長にどやされた院長がよろよろして、よごれた手を白衣の裏側《うらがわ》でふく。

「よし、すずりと墨《すみ》と紙だ。みんなで手分けして終戦を書こう。敗戦の天皇《てんのう》の詔勅《しょうちょく》が、天皇《てんのう》ご自身の声でラジオ放送されたそうだ。そのことも書いてわたしが署名《しょめい》したら、日本人は信用するだろうか。なんなら血判押《けっぱんお》してもいいがね。海べりにも村にも山中のあちこちにもまいて、道々の木の枝にも差しておこう」

「沢田司政官《さわだしせいかん》の名前があれば、だいじょうぶたい。印鑑《いんかん》でよかよか。なんならわたしの名も使うてよ」

院長が立ち上がりながらいう。

「そうそう、小学校三校で学校同士の連絡網《れんらくもう》ができたんですよ。先月、わたしが『衛生的な生活』について話に行ったときに、通訳《つうやく》つきでよその村からもきてくれてましたから」

「婦長、そりゃあいい。ぜひ学校の連絡網《れんらくもう》を使わせてもらおう。助かるな」

「あと、農業指導員だが、……」

「村の人にたのんで知らせましょう。かれらは、指導員のことは実によく知っていますよ、書いたものを持たせて。すぐにでも書きましょう。それを持ってわたしは学校にもどります」

「校長、紙がたくさんほしいな。一〇〇〇枚《まい》以上だ。学校にはこっそりもどったりしないほうがいい。豪州《ごうしゅう》軍の副隊長にいちおう話してからにしよう。戦争は終わったんだ。われわれはボルネオのために懸命《けんめい》に働いた。堂々としていよう。いずれ全員密林《みつりん》から出てきて、日本に帰るんだからな」

「えっ、帰れるんですか、ほんとでしょうか」

溝口《みぞぐち》先生が身を乗り出す。

「ああ、帰らなければ追い出されるさ。ここはもともとよその国なんだからな」

高次《たかつぐ》はケイ・ヨシダ副隊長を呼《よ》ぶように見張りの兵にたのんだ。院長と婦長が出ていって、代わりに薬剤師《やくざいし》と職員が病院にあるだけの墨《すみ》とすずり、紙を院長室に運びこみ、そのまま墨《すみ》をすりはじめた。

高次《たかつぐ》もさっそくたっぷりの水を入れて墨《すみ》をする。久しぶりの墨《すみ》のにおいである。

「ちょっと下書きをしてみなくちゃな。おそれ多くも、天皇《てんのう》の玉音《ぎょくおん》放送のことを書かせていただくんだから」

急告　日本人に告ぐ

大東亜《だいとうあ》戦争は八月一五日、日本の敗北で終わった。天皇陛下《てんのうへいか》の詔勅《しょうちょく》がラジオで放送された。

『敗戦は耐《た》えがたいことであるが、未来のために平和を築こう』と天皇陛下《てんのうへいか》はいわれた。日本軍の武装解除《ぶそうかいじょ》命令も同時に出ている。われわれは虜囚《りょしゅう》となるのではない。戦争が終わったのだ。自決することは固く禁ずる。一刻《いっこく》も早く家族が待つ日本に帰国して、われわれの力を日本の再建に向けようではないか。ただちにバリクパパン・カリマンタン病院に集合せよ。

元司政官《しせいかん》　沢田《さわだ》高次《たかつぐ》　印

八月一九日

「こんなでどうだろうかなあ」

高次《たかつぐ》が首をひねりながら、田中《たなか》校長に原稿《げんこう》をわたした。校長が食い入るように原稿《げんこう》を見てから、一言一言押《お》し出すように確かめる。

「あ、あのう、ほんとうに天皇陛下《てんのうへいか》のお声が聞こえたんでしょうか？　日本が負けたというおことばをほんとうに天皇陛下《てんのうへいか》が……？」

「ああ、そうらしいですね。ところどころしか聞きとれなかったそうだけど。録音したものかもしれないが」

「そう、そうですか。やっぱりわが国は負けたんですね。しかし……そう簡単《かんたん》に承服できないぞっ。ここに至《いた》って……いまさら何を……おれはどうしたらいいんだ。兄も出征《しゅっせい》して……」

溝口《みぞぐち》先生が突然《とつぜん》さけぶ。

「ああ、承服できるもんか。まわりの島々の残酷《ざんこく》な戦いの知らせはいやでも海をわたってきた。数知れないさけびや慟哭《どうこく》が聞こえてきた。生々しくすべて見えたんだ。英霊《えいれい》たちがどれほどのろいのことばを吐《は》いて死んでいったか。わたしはいま生きていることがおそろしくなる。どうにかしなければ収《おさ》まりはつかん。しかし、しかしそれはしばらく置いておこう。ただ、はっきりしているのは、君のような若《わか》い人材がこれからの日本をつくり直していくということだ。わたしには、みんなをそれぞれの故郷《こきょう》に帰す責任がある。ほんとうに戦争は終わったんだから、な、わかってくれ、たのむよ」

高次《たかつぐ》は、涙《なみだ》を流し背中《せなか》をふるわせている若《わか》い教師の肩《かた》をつかんだ。

「このまま戦いつづけていたら、日本という国はなくなる。広島《ひろしま》、長崎《ながさき》の新型爆弾《ばくだん》は日本に甚《じん》大《だい》な被害《ひがい》をあたえたんだ。これ以上は無理だった。敗戦はおそすぎたんだよ」

高次《たかつぐ》は半紙を広げて、手にもどってきた原稿《げんこう》を見直してから、大きめの字を紙いっぱいに書いた。院長のかみそりで指先を切り、血判《けっぱん》を押《お》した。

「これでどうかな」

みんな、半紙をにらんだまま黙《だま》りこんだ。

軽いノックの音がして、ケイ・ヨシダが入ってきた。副官らしい大男が従《したが》っている。ヨシダはまた直立して挙手の礼をした。

「ビラを見て、先生が二人、山を下りてきました。感謝します」

「それはよかった。効果がありましたね」

高次《たかつぐ》は教師二人を紹介《しょうかい》し、ケイ・ヨシダを引き合わせてから

「もう挙手の礼はいりません、ヨシダ大佐殿《たいさどの》。沢田《さわだ》と呼《よ》んでください」

といった。

「はい、今後はそうします。おっ、墨《すみ》でオシュージですね。知っています」

「副隊長、漢字も読めますか。これは終戦を知らせる『急告』の文章です。天皇《てんのう》の詔勅《しょうちょく》を少しお借りした。あの飛行機のビラだけでは、日本人は敗戦を信じないでしょう。とくに軍人はね。いまから一〇〇〇枚《まい》ほど書いて、手分けして山に持っていきます。外出の許可を願います」

「むずかしい漢字はわかりません。読んでみてください。赤いしるしは何ですか」

高次《たかつぐ》は読み上げ、簡単《かんたん》に内容を説明し、親指で押《お》すまねをしてみせた。

副官がおどろいた様子で両手を広げ、肩《かた》をすくめた。

「戦争が終わったと聞けば、敵も味方もワーッと歓声《かんせい》を上げるものです。われわれはみんな、おどって喜びましたよ」

「そうだろうな。しかし、そうはいかないのが日本の軍人です。残酷《ざんこく》な戦いを強《し》いられすぎた

からな。戦陣訓《せんじんくん》など、ややこしいものが心をしばっているにちがいないし。偶然《ぐうぜん》、この島には敵が上陸しなかった。上陸していれば激戦《げきせん》があっただろう。その代わりにわたしたちは、病院や学校や、村を結ぶ道路まで通すことができたんだ。まあしかし、日本の占領《せんりょう》政策《せいさく》のひとつだといわれれば、そのとおりかもしれませんがね」

「いや、それだけではないでしょう。この山の裏側《うらがわ》に日本人収容《しゅうよう》施設《しせつ》をつくっていますが、村の長《おさ》に部下がたのまれたと聞きました。日本人をどこにも連れていかないでくれとね」

「ほほう、それはありがたいことだ。身に余る光栄だ。しかしわたしは責任者として、すべての日本人にこれを手わたしたいと思う。日本は戦争に負けた。いくら反対しても、殺し合う戦争はもう終わったんだ。急告文を一〇〇〇枚《まい》は書く。これを読んでから、それから先のことはそれぞれが考えればいい。タオ村はここよりも密林《みつりん》に入るが、マハカム川の河口も近い。サマリンダの町にはよく行った。村は蛇行《だこう》している川に沿《そ》っている場所もあり、病院の食料も運んでもらった。また、タオ村の中央小学校にはぜひ回りたいのだが」

「沢田《さわだ》司政官《しせいかん》はここにいていただきます。外出はしないで」

「自分たちがつくった学校だ。このあとのことも現地の村人たちにたのんでおきたい」

「どうしても沢田《さわだ》司政官《しせいかん》がご自分で行かれたいのですか。だったら護衛をつけます」

「いや、護衛などはいらない」

「沢田《さわだ》さん、あなたは終戦に反対する軍人たち一小隊が、サマリンダ方面の村の奥《おく》の密林《みつりん》にひそんでいることを知っていますね」

「い、いや。知らないな……終戦に反対というんじゃなく、終戦を知らないんだと思う。君たちにもそう思ってほしい。ま、これだけの戦いをして負けたんだ。そう簡単《かんたん》に軍人魂《だましい》というやつは収《おさ》まるものではなかろう。わたしがこれを手わたしながら説得するしかないんだよ！」

「いいえ。お一人では外出許可は出せません」

「あのあたりはわたしはよく知っている、密林《みつりん》の中の道もな。一人のほうがいいんだ。かれらは疑心暗鬼《ぎしんあんき》なんだから。わたしが一人なら日本軍も安心する。そうだろうが」

「いえ、死にたがっている人間は、何をするかわかりませんから」

「何をいうか。どうしてもだめなら、司令部《しれいぶ》で書類をつくっている者に同行してもらおう。サマリンダやタオ村をよく知っている人が二人いる」

「わかりました、三人ですね。では、護衛を二人つけます。五人で行ってください」

「護衛などいらないといってるだろうが。それに、いますぐ行くわけではない。急告の文章を書いて持っていかねば意味がない。一〇〇〇枚《まい》は書くのだ、そのあいだにかれらが密林《みつりん》から出てくるかもしれないではないか。どうしようかと迷っている者もいるにちがいない」

「自分もそう願っていますが、これは隊長命令です」

なるほど、敵の隊長から命令されるわけだ、と高次《たかつぐ》は口の中でつぶやいた。

ケイ・ヨシダが帰ってから、看護婦《かんごふ》が薬や包帯が戸棚《とだな》に入りきれないほど届《とど》いたといって、ニコニコ顔で走ってきた。ビタミン剤《ざい》まであるという。しかし、それまで定期的に届《とど》いていた村からの食料がまったくこなくなっていた。薬をもらえてよかったな、とはいったものの、やりきれないくやしさである。コメなどけっこう高値《たかね》で買っていたのだが。しかし、病人、けが人にとってどれほど安心なことか。食糧《しょくりょう》の欠乏《けつぼう》はいかんともしがたいものであった。

院長はじめ看護婦《かんごふ》や薬剤師《やくざいし》、職員、そして先生たちと患者《かんじゃ》たちの食料がつきていた。

「もう少し書いたら、この急告文を書いただけ持って、裏《うら》から村にもどります。村の人にたのんで、連絡網《れんらくもう》であちこち配ってもらいましょう。農業指導員のところにも。それがいちばん早い。学校のあとのことは、現地の先生にたのんで、ずっと学校が続くようにね。紙はひとしめ持ってきますよ」

高次《たかつぐ》は田中《たなか》校長にうなずいた。

職員や先生たちは落ち着いて、せっせと習字紙に向かっている。わたしの書いたものより乱《みだ》れもなく、「久しぶりに筆を持ちましたよ」などといいながら、さすがに字がうまい。これで一〇人ほど教師がそろい、わたしの執務室《しつむしつ》の職員や薬剤師《やくざいし》もいっしょに書けば、一〇〇〇枚《まい》は書けそうだ。

血判《けっぱん》の代わりに、院長室の机《つくえ》の引き出しに入っていた決済《けっさい》用の印を、名前の下に勝手に押《お》している。「非常時ですからな」と田中《たなか》校長が筆を走らせながらいう。まあいいかと思う。

教師たち二人が、書いただけを持ち、山の学校の宿舎にもどってからも、高次《たかつぐ》は残って書きつづけた。

「司政官《しせいかん》、高木美代《たかぎみよ》がたおれました」

患者《かんじゃ》の巡回《じゅんかい》を終えた看護婦《かんごふ》が、同僚《どうりょう》のことを小さな声で知らせる。

「なにっ、すぐ行く」

「だいじょうぶです。婦長がついてます」

「薬剤《やくざい》の池野《いけの》さんも寝《ね》ています、血の気が引いていて」

「わかった、限界だな」

高次《たかつぐ》は病院の玄関《げんかん》に行き、まるで門番のように突《つ》っ立《た》っている兵隊に、責任者はだれかをたずねた。そして隊長に、大至急会《だいしきゅう》いたいと伝えるようにたのんだ。

高次《たかつぐ》自身の体調も最低だった。微熱《びねつ》と軽いせきにもなやまされている。

夕方、ケイ・ヨシダの副官が「隊長がお呼《よ》びです」といってきた。外に出てもいいのかと聞くと、「ハイ、いまから案内します」という。

副官についていくことにした。敗残の身だ、何があってもおかしくないさとつぶやく。

病院の玄関《げんかん》の前をまっすぐ浜《はま》のほうに下り、高次《たかつぐ》たちが開いた海と密林《みつりん》のあいだの迂回路《うかいろ》を、ぐるりと回って三〇分ばかり歩く。ちょうど山の裏側《うらがわ》に当たる場所に着いて、思わず「あっ」と声をあげた。

警戒《けいかい》のために時たまやってきていた、樹林《じゅりん》と浜《はま》だけが茫漠《ぼうばく》と広がっていたこの場所に、緑と灰色《はいいろ》の大型のテントが五〇ばかりも規則正しく立っているのだ。テントのあいだを何十人かの連合軍の軍人が歩きまわり、沖《おき》に停泊《ていはく》している大きな船からは、漁師の船がひっきりなしに荷物を浜《はま》に荷揚《にあ》げしている。その荷を多くの村人がかついで、テントに運びこんでいる。

「敗戦からたった四、五日でこうも変わるのか」

高次《たかつぐ》はゆっくり足を運びながら、テントに見とれる。村の人たちも勝ったほうにつくのは当たり前だろう。高次《たかつぐ》は未知の世界に入っていく緊張《きんちょう》感に包まれていた。

密林《みつりん》の中を少し上ったところが開かれていて、こい緑の中にひときわ大きなオレンジ色のテントが張られている。そちらに連れていくようだ。

テントの中にはいすと机《つくえ》があり、三人の将校《しょうこう》が座《すわ》っていたが、高次《たかつぐ》が入っていくと立ち上がってむかえた。高次《たかつぐ》は簡単《かんたん》に自己紹介《じこしょうかい》をして、すすめられたいすにかけた。

「ミスター・サワダ、あなたは軍人ではないと聞きましたが、敗戦のショックは収《おさ》まりましたか？」

真ん中の軍人がおだやかにたずねた。これが連合軍の隊長らしい。高次《たかつぐ》と同じような体形で、軍人というより学者のような印象をあたえる。

「ありがとう、敗戦のショックはありますが、わたしははっきりいって、ドイツがやめたときに、日本も負けを認《みと》めるべきだと思っていましたので、残念ながらおそすぎた」

「ほう、そうですか。ここまできてしまって、いま考えると、それは正しいといえますね。しかし、当時は少数意見だったでしょうな」

「たしかに。日本には石炭以外の地下資源《しげん》は何もありません。小さな国です。豊かなアメリカと戦って勝つわけがない。バリクパパンの地下には石油や天然ガスが豊富にあるようですね」

「どうもそうらしいな。ところで、君はタオ村に行くといってるそうだが、なぜですか」

正直に話すほうがいいだろうと思った。

「船で病院にきた患者《かんじゃ》二人が、タオ村で密林《みつりん》の中に入っていく日本軍を見たといっています。港からマハカム川の河口を上ったところにタオ村があり、オルガンまであるいい学校をつくっています。わたしたちがつくったなかでは二番めに大きな学校で、将来《しょうらい》五〇人以上の生徒が通えます。日本人教師が四人、現地採用の教師が三人、そして校長は酋長《しゅうちょう》と呼《よ》ばれている男がしています。もしここに日本の軍人がたてこもったり、最悪の場合、銃撃戦《じゅうげきせん》にでもなったら、村の人にも子どもたちにも申《もう》し訳《わけ》がない。村長にも会って学校の今後のことをよくお願いするつもりです。学校は子どもが育つところです。教育こそ大切で、学校に軍人はいりません。わたしは軍人を説得して、連れてもどろうと考えています」

高次《たかつぐ》は急いで「急告」の文を広げた。

「これを一〇〇〇枚《まい》書いて、みんなに手わたすつもりです。天皇陛下《てんのうへいか》の敗戦の詔勅《しょうちょく》も、わかったところだけ書いてきています。天皇陛下《てんのうへいか》のおことばで、かれらは理解するはずです」

「もう一度聞きます。あなたがサマリンダに行くのは、これを手わたして敗戦を認《みと》めさせるためですね。ほんとうにそうですね」

「はい。うまくいくことを心から願っています」

高次《たかつぐ》が答えると、三人はいっせいにホッとした表情に変わった。

なんとなく高次《たかつぐ》もくつろいだ気分になって、テントの中を見回した。奥《おく》に大きな一メートル四角の機械が二つ重なったものが大切そうに置いてある。

「あれは通信機でしょうか、精度がいいのでしょうね」

思わずたずねた。司令部《しれいぶ》の通信機の古さは、雑音で話にもならないほどなのだ。

「ここは雑音が入らないし、大統領とだって話せるよ、あははは」

隊長が磊落《らいらく》な笑い声を上げる。思いがけないことにコーヒーが運ばれてきた。

「おお、こりゃあいい香《かお》りだ。砂糖《さとう》までついてる」

高次《たかつぐ》は正直に喜び、おどろく。それにしても、何日か前まで敵だった人間にコーヒーなど出すものだろうか。

いままで黙《だま》っていたとなりの男が、日本語で話しはじめた。

「わたしは隊長つきの通訳《つうやく》ですが、その必要はないようですね。沢田《さわだ》さん、コーヒー好きですか」

「はい、大好きです。昔、ニューヨークでは毎日飲みました」

「わたし、東京で、お茶、毎日飲みましたよ」

思わず笑った。

「先ほどは医薬品などたくさん届《とど》けていただき、医者も看護婦《かんごふ》も患者《かんじゃ》も心から感謝しています。すでに使っていますよ」

「おお、それはよかった。病院で不足なものがあったら届《とど》けます」

「えっ……そうですか……いいにくいことですが、それではおことばにあまえます」

高次《たかつぐ》はいすから立ち上がって床《ゆか》にひざをつき、両手を前について頭を下げた。

「病院にも学校教育事務所にも食料がなくなりました。全員一日一食です。日本の円でよければ、わたしが預かっているお金をすべて出しますので、パンとミルクを分けてくださいませんか」

「一日一食はひどい。何ということだ。武士は食わねど高楊枝《たかようじ》はほんとうだった」

大きな声が頭の上から降《ふ》ってきた。

「病院の食料が、契約《けいやく》している村から届《とど》かなくなりました。患者《かんじゃ》と付《つ》き添《そ》いの人たち、医者や看護婦《かんごふ》もみんなで分け合って食べているのですが、どうにも……」

われながら、なんというずうずうしさかと思いながらも、つい口から出てしまっていた。どんなにみじめでも、もうこれしかない。食料の確保は自分の責任なのだ。

「お願いします」

高次《たかつぐ》は頭が床《ゆか》に着くほど深く平伏《へいふく》した。

広島《ひろしま》と長崎《ながさき》がやられてからというもの、日本の軍令部のどこに連絡《れんらく》しても混乱《こんらん》のきわみであったし、高次《たかつぐ》のいうことを最後まで聞く人さえいなかったのだ。

「沢田《さわだ》さん、外に出てみましょうか」

見ていられなかったのだろうか、通訳《つうやく》が明るい声でいって席を立った。

このテントは隊長用らしく、両端《りょうはし》に見張りの兵がいる。隊長の許可を得て通訳《つうやく》は、

「病院や職員の食料ですね。何とかしましょう。浜《はま》のほうをご覧《らん》ください。テントの向こうですが、あそこに積んであるのはほとんどが食料ですよ。みんなかんづめです。バター、チーズ、乾《かん》パン、フルーツのたぐいです。そんな物でよかったらね。必要な人数はどのくらいですか?」

「患者《かんじゃ》と付《つ》き添《そ》い、医者、看護婦《かんごふ》、薬剤師《やくざいし》、教師たち、合わせて約一〇〇人です」

「わかりました。引き受けましょう」

「えっ、ほんとに、食料をいただけるんでしょうか? ドルはありませんが」

「無料で提供《ていきょう》しますよ、もちろん。後日、収容施設《しゅうようしせつ》に入れば、当然、食事はわれわれが提供《ていきょう》せねばならないわけですから」

ぐっと、こみ上げそうになってきた。安心と脱力《だつりょく》感でまた目が回る。しばらく瞑目《めいもく》して、

ふたたび礼をいって頭を下げ、ようやく立ち上がった。また座《すわ》りこみそうになったほどだ。

「ほら、またきました。沢田《さわだ》さん、見ていてください」

グライダーのような飛行機が、小さな落下傘《らっかさん》のようなものの下に荷物をぶら下げて、超低《ちょうてい》空《くう》できたかと思うと、どすん、どすん、どすんと三つの荷物を海べりに落として飛び去った。

「また食料のようだ。いらないといっても持ってくる。戦争が終わってうれしくてたまらず、余ったものを配って回っているんでしょう。あちこちの島に」

「豊かな国だな、食料が余るなんて」

「いやあ、この辺の島々の人たちも相当にひどい目にあってますからな。仲間の兵がいない島にも、気まかせに落としていくんでしょう」

「じゃあ、わたしはこれで失礼します。まことに申《もう》し訳《わけ》ないが、食料のことはどうかよろしくたのみます。なつかしくもおいしいコーヒーでした、ありがとう」

はなれて歩き出した高次《たかつぐ》を隊長が呼《よ》び止《と》めた。

「先ほど広げた字が書いてある紙、あれはあなたが書いたものですか？」

「そうです。あまりうまい字とはいえないが」

「あれを頂《いただ》けませんか、記念に」

「えっ、これをですか。これは、日本の敗戦を認《みと》めなさいという日本人への告知の文章ですよ」

高次《たかつぐ》はまた四つ折りの半紙を出して広げた。

「赤いのは日の丸のしるしですか」

ノーと、思わず大きな声を出していた。「これは文章が真実であるという証拠《しょうこ》です」といって親指の先の小さな傷《きず》を見せ、血判《けっぱん》を押《お》すまねをしてみせた。それからまた四つ折りにして隊長に差し出した。

「知らなかったとはいえ、失礼しました。ありがとう、大切にします」

隊長は受け取ったあと、シャツの胸《むね》ポケットからたばこを出してすすめた。箱の口が切ってあったので、一本頂《いただ》いた。手に持っただけで、あたりにたばこの香《かお》りが広がった。思わず鼻をふくらませる。

「では、またお会いするかと思いますが……」

高次《たかつぐ》は軽く頭を下げ、逃《に》げるようにその場をはなれた。

浜《はま》を回り、テントの群れが見えなくなってから、せきを切ったように涙《なみだ》が流れはじめた。嗚咽《おえつ》をおさえられなくなった。

とうとう樹林《じゅりん》の中に座《すわ》りこんで号泣《ごうきゅう》した。

完敗だな。何もかも。敵に食料を恵《めぐ》んでもらうなんて、まったく死んだほうがましではなかったか。いまここで死のうか、海に飛びこんで沖《おき》に向かって泳いでいけば死ねる。それはいつでもいいんだ。いまだっていいんだぞ。いまだって……。

高次《たかつぐ》は立ち上がって、わずかに明るんでいる夕暮《ゆうぐ》れの沖《おき》を見つめた。暗い海原《うなばら》を一人泳いでいる小さな自分が見えた。よし、もうここまででよかろう。

下着だけになって海に入っていった。はじめは冷たい水の感じだったが、沖《おき》に向かって泳ぐにつれて、まるで故郷《こきょう》博多《はかた》の海のように温かく体を包《つつ》み、このまま眠《ねむ》ってしまいたいほどの心地《ここち》よさであった。ああなんという温かさ、気持ちよさだろう。子どものころから泳ぎは得意だった。眠《ねむ》い、いや、ほんとうにしばらく眠《ねむ》った気がした。

――体がしずむ、ぐっと引きこまれる。なぜ水の中にいるのか考える間もなく苦しくなった。おかしい……一時間も泳いでいたのか、ほんの一瞬《いっしゅん》だったか、ハッとして手足に力をいれた。あわてて水をかいた。そして方角を変え、しばらく泳ぎつづけた。自分の靴《くつ》やシャツを見つけるまでに、意外に時間がかかったのはどうしたことだろうか、と不思議だった。

どうやら正気をとりもどしたらしく、服を着、靴《くつ》をはき、病院への道をたどっていた。

翌日《よくじつ》の午後、かんづめ一〇〇個、大きな四角いパンのかたまりが五〇個、それに特大型のバケツに入ったシチューが二つ届《とど》いた。院長あてである。院長が高次《たかつぐ》の執務室《しつむしつ》に走ってきた。

「タカさんよう、軍人がきたちゅうんで、白衣のまま玄関《げんかん》に飛び出てみたらくさ、軍人が五人並《なら》んどってね。隊長からだと。『ご苦労』ていうたら、アイアイサーと敬礼《けいれい》してくさ」

「そりゃあよかった」

「お礼をいいます、ほんなこと。看護婦《かんごふ》が全滅寸前《ぜんめつすんぜん》で……よ」

ケンさんが最敬礼《さいけいれい》した。

「沢田《さわだ》さん、ああたは見かけによらんすご腕《うで》のお人じゃなあ。薬品といい。もうたまがったや」

「名医と看護婦《かんごふ》を、飢《う》え死《じ》にさせるわけにゃいかんたい」

「そうそう。いや、ぞうたんは置いて、タカさん、土下座《どげざ》しなさったろう。すまんこってす」

「そげなことはしとらんですよ。これはわたしの仕事ですけん。隊長は紳士的《しんしてき》で、よか人でした」

高次《たかつぐ》は、あのときもらったままポケットに入れていた一本のたばこを、半分に切って院長にわたした。院長は、わっ、たばこや、と鼻の下に持っていき、香《かお》りを吸《す》いこんでいる。それか

ら、高次《たかつぐ》をじっと見つめ、

「タカさん、妙《みょう》なこと想《おも》うちゃいかんよ。いっしょに帰ろうや、日本に、な。待つ人はおらんかもしれんばってん……そん代わり、ここでほんとの心の友達とめぐりおうたと思う」

「そうじゃね、わたしも」

高次《たかつぐ》も見つめ返してうなずいた。

それから一週間ほどのあいだに、「急告」を書きつづけているわれわれのところに、教師六人と農業指導員四人と軍人が二人、合わせて一二人が密林《みつりん》から出て病院にきた。田中《たなか》校長たちや村人の働きのおかげである。

いずれも「あの字を見て元気が出ました」と目をうるませた。執務室《しつむしつ》も薬剤室《やくざいしつ》も満員である。オーストラリア軍副隊長のケイ・ヨシダがときどきやってきて、英語と日本語をちゃんぽんで話しながら、人数を確認《かくにん》する。急告の紙はとうに一〇〇〇枚《まい》を超《こ》えていたが、バリクパパンの港からきた人や、村に帰る患者《かんじゃ》に託《たく》したりして、残りは五〇〇～六〇〇枚《まい》になっていた。

高次《たかつぐ》は三〇〇枚《まい》ほど持ってタオ村に行くことにして、ケイ・ヨシダに知らせた。

早くもタオ中央小学校と呼《よ》ばれている学校には、四人の現地人教師がいて、例のオルガンもいちばん広い教室におさまっているという。

翌日《よくじつ》、二人の護衛を連れて、ケイ・ヨシダが病院にやってきた。年上のがビリーと呼《よ》んでくれといい、若《わか》いのがベンだ。終戦に反対する日本軍と追うオランダ軍が密林《みつりん》に入りこんでいて、治安があまりよくないから気をつけろという。

バリクパパンの港には漁船が用意されていた。学校を建設するときいっしょに働いた池内《いけうち》と柔道三段《じゅうどうさんだん》の溝口《みぞぐち》を同行した。五人連れである。船頭が一人、ポンポン蒸気《じょうき》の船であった。

浜《はま》に沿《そ》っておよそ一時間で島の出っ張りが見え、それをこえるとサマリンダの建物が見えてくる。ボルネオの真ん中を東西につらぬいて、とうとうとマハカム川が流れている。サマリンダはマハカム川の河口の町である。河口には、日本が占領《せんりょう》する前に統治していたオランダ様式の塔《とう》やイギリスのものらしい建築物がある。また、石だたみの十字路にはヨーロッパ風の石づくりの家が並《なら》び、高次《たかつぐ》はこのあたりが好きで、中央小学校建設中、寸暇《すんか》をおしんでここにきては、そのあたりを歩いたものだ。町並《まちな》みも石だたみもすぐにとぎれて、中華《ちゅうか》料理の店があり、肉まんじゅうやせんべいに似たお菓子《かし》を売っていた。自分の管轄《かんかつ》外だが、日本軍の居留地もあったはずだ。かれらはどうしただろうか。

高次《たかつぐ》はあの料理屋に一〇枚《まい》ほどの「急告文」を託《たく》そうと、船を着けてもらい、素知らぬ顔で上陸した。断られるかもしれないと思いながら、主人に説明して、日本人がきたらわたしてくおおっと三人が声を上げる。まばらな樹木《じゅもく》の向こう、大密林《みつりん》のふもとに鉄木《てつぼく》でつくられていた。

川は大きく蛇行《だこう》しているのが認《みと》められた。やがてタオ村だ。

ちに見える。

陸に上がった。そこから見慣れた村の景色が広がり、山道を歩いた。

一年半前より、ヤシの葉でふいた屋根の数も多くなっているし、木の皮ぶきの屋根もあちこ

マハカム川をかなりさかのぼったところに簡素《かんそ》な船着き場ができていて、船と船頭を残して

これはいぶかしいことだ。何が起こったのか。

な漁師の船も、そういえば人の姿《すがた》も見えないようだ。

マハカム川に入って三〇分ほど上ると、河口にはあった大きな船も、よく見かけていた小さ

店にも「急告文」をたのみ、河口の町を通りすぎ、マハカム川をさかのぼった。

ちの船は、とがめられることもなく大小の船のそばを通り、あざやかな色の花と果実が見えた

いまは、リヤカーを引いた町の人や連合軍の制服の兵士の姿《すがた》がちらほら見えている。高次《たかつぐ》た

というではないか。高次《たかつぐ》は菓子《かし》を買い、ありがとうと握手《あくしゅ》して別れた。

「はいわかりました。気をつけてね、沢田《さわだ》さん」

れるようにたのんだ。

る校舎は建っていた。いくぶん色が黒ずみ、がっしりと鉄のように力強く建っていた。池内《いけうち》も溝口《みぞぐち》も設計から相談に乗ってもらっていたので、感慨《かんがい》ひとしおのようだ。しかし、人っ子ひとりいないではないか。

「子どもたちはどうしたのだろう。運動場にも子どもはいない」

護衛たちに聞いてみた。

「ここはわたしたちが建設した学校だ。だれもいないが、どうしたんだろうか」

「山の学校にしては立派《りっぱ》な学校だ。日本の軍人はきらいだが、あんたはえらい」

「そんなことではなくて、えーと、連合軍がこのあたりにきたのはいつだろうか?」

ビリーにたずねてみた。

「えーっと、ここまでとなると、一昨日か昨日か、まだきていないことも考えられる」

「そうか、校長はどうしただろうか」

校長は村長である。みんなも高次《たかつぐ》も酋長《しゅうちょう》と呼《よ》んでいた。子ども好きで、私費《しひ》ですべり台と鉄棒《てつぼう》を運動場につくってくれている。

裏《うら》の密林《みつりん》の中は、奥深《おくふか》く入っても自分の家の庭と同じで、どこにどんな動物がいるか、みんなわかる。美しい鳥がいて、それはうまい自然の果物がたくさん生《な》るのだと得意気だった。

いっしょに探検《たんけん》に行かないかとさそわれてもいたのだ。学校への道を小走りにたどった。

学校に着くと、池内《いけうち》と溝口《みぞぐち》がかがんで校舎のまわりをそろそろと回る。

「校長室で声がします」という。

高次《たかつぐ》は裏《うら》の戸を引き開けて、「校長、校長はいますか！」とさけんだ。とたんにパン、パンと銃声《じゅうせい》が返ってきた。

ビリーが鉄砲《てっぽう》を構え、「発砲《はっぽう》を禁ずる！」とどなって、校長室のドアをけり開けた。

二人の男が銃《じゅう》を構え、四人の先生たちが手をしばられ、床《ゆか》に座《すわ》っている。

アッという間に溝口《みぞぐち》が一人の男に飛びかかった。とみる間に鉄砲《てっぽう》をもぎとり、腕《うで》をねじり上げたとたんに男ははね上げられ、校長の机《つくえ》の上にドスンと落ちていた。

池内《いけうち》は、おどろいた顔のもうひとりの男のみぞおちに強烈《きょうれつ》な突《つ》きをみまい、グエッとしゃがみこむところを押《お》さえつけている。

ベンが「おお、ジュードウ」とさけんだ。

先生たちをしばっていた縄《なわ》をつないで二人をしばり上げ、校長のゆくえをたずねた。

「おまえたちは、もしかして日本人ではないか？　なぜここにいる？」

かれらは黙《だま》って一言もしゃべらない。

「日本が負けて戦争が終わったことは知っているのか」

おどろく様子がないところをみると、すでに知っているようだ。

「銃《じゅう》を持って学校にいるなど、どう考えてもおかしい。まさか日本軍ではなかろうな」

やっと人心地《ひとごこち》のついた先生たちに聞いてみると、七、八人の男が突然《とつぜん》やってきて、銃《じゅう》を撃《う》ちまくり、校長を連れ去ったという。村の人と子どもたちは、日本が負けて、何をするかわからない外国の軍人がくるので、今朝、親といっしょに全員、密林《みつりん》の中の洞窟《どうくつ》に逃《に》げたそうだ。

「おい、おまえら日本人じゃないよな。軍人でもないな」

高次《たかつぐ》は紙を一枚《いちまい》ずつ前に置いて、念を押《お》した。

「司政官《しせいかん》、足腰《あしこし》立たんようにやりますか。どこの人間かいうまで」

池内《いけうち》がイラついた声を上げる。

「やめときなさい。外国人だと、あとで問題になる」

日本人かと思われる顔つきの人たちが、現地人の中にはたくさんいる。黙《だま》っていれば見分けがつかないのだ。

高次《たかつぐ》は「急告文」を先生たちに見せた。

急いで引き上げる用意をして、バリクパパンにいっしょに行こうというと、みんなホッとし

た表情を浮《う》かべた。教頭をしていた長谷川《はせがわ》先生が、聞きまちがいかもしれないけれど……といって、

「少し前、このマハカム川の上流から支流の先の、何とかいう谷間にダイヤモンドのとれるところがあるらしいと、漁師の男たちが話していた。校長はそこに案内させられたのではないか」

というのだ。まさか、ダイヤモンドなんて、そんなことがあるわけないとは思うが……。

先生たちには、宿舎にもどって、最小限の荷物をリュックサックひとつにまとめるように指示した。

高次《たかつぐ》は校長に書き置きを残すことにした。自分では読めなくとも、だれかに読んでもらう機会があるかもしれない。感謝あるのみである。密林《みつりん》の奥深《おくふか》くに入ってみたかった。美しい鳥が見られなかったのは残念至極《しごく》である。樹林《じゅりん》の中のけもの道をトコトコ歩いている酋長《しゅうちょう》の姿《すがた》を思《おも》い描《えが》き、手紙を書いていると、「待てっ」というビリーの声がした。また何事が起きたかとドアを開けると、酋長《しゅうちょう》が、いや校長が立っているではないか。

「おお、だいじょうぶでしたか。よかった、よかった」

みんなは手を握《にぎ》り合った。

「鉄砲《てっぽう》持った男たちはどうしました？」

「ドシマシタデショー」

と、にこにこしている。川のそばを歩きながら密林《みつりん》にさそいこみ、とちゅうでまいてきたらしい。

高次《たかつぐ》は急告文を広げて説明し、町に行ったら日本人にわたしてくださいとたのんだ。そして、紙の上に懐中《かいちゅう》時計をのせて進呈《しんてい》した。

「スゴイタカラモノネ、ダイジモノデース」

「おかげでしっかりした学校を建てさせてもらった。ありがとうございました。五〇年は持ちますよ。オルガンもね」

バリクパパンにもどらねばならない時間である。

学校からマハカム川までの道をふり返りながら歩いた。船着き場にきたときだった。パン、パンパンと小銃《しょうじゅう》の音がひびいた。男たちがまかれたことを知って、引き返してきたらしい。

「早く、みんな船に！」

大声を出して、高次《たかつぐ》は先生たちをせきたてた。

ビリーとベンが銃《じゅう》を構えている。

酋長《しゅうちょう》も乗っていって、最後に高次《たかつぐ》が船着き場の下の段《だん》に足を下ろし、もう一度オルガンを見たかったと顔を学校に向けたとき、ズッと耳に風切り音がして、左肩《ひだりかた》に強い衝撃《しょうげき》を受けた。体が均衡《きんこう》を失って足が板をふめず、手の紙が風に吹《ふ》かれて舞《ま》い落《お》ち、水面に散らばるのが見えた。そして高次《たかつぐ》はドサリと船の中に落ちた。

矢のように船が走り下るのを感じながら、そのままじっとしていた。後《うし》ろ肩《かた》だ。やがてぬるぬると血が流れ出ているのを意識して、「血止めをしておこうか」といった。なぜか大きな声が出ないなあと思った。肩《かた》を見たらしく、ああっと、池内《いけうち》の声がして、傷《きず》にしっかり手ぬぐいが当てられ、わきの下あたりできつくしばられた。

「とちゅうで医者に手当てしてもらったほうがいいのではないか」と、ビリーの英語が聞こえ、「帰るところは病院だよ」と高次《たかつぐ》は小さな声でいった。不思議に痛《いた》みはなかった。

（あのとき、連合軍の隊長がサマリンダに行く理由をしつこくたずねたなあ。ダイヤモンドと関係があるのだろうか）

まあ、この状態であの世に行くのも悪くないか。頭の中は錯綜《さくそう》しているようだった。

「タカさん、運のよか人ばい。あと五センチ首に近けりゃあ即死《そくし》じゃった。七針縫《ななはりぬ》うただけたい。ただねえ、傷《きず》はじきようなるばってんが、胸《むね》のほうがあやしかのう。胸《むね》の音が悪かばい。

レントゲンがないし、なんともいえんが、肺《はい》が悪いかもしれんと思う」

「いやあ、それはなかろう……やぶ医者め」

「こげなことは冗談《じょうだん》ではいわん。せきが出る、軽いやつね。午後から夕方にかけて微熱《びねつ》が出る。自分で気をつけるしかないが、牛乳《ぎゅうにゅう》やらチーズを敵さんからどんどんもろうて、自分で食べにゃいかん、いいかね。夕方、熱をはかってくさ」

「もういい、わかった、わかった」

ボルネオではどうしようもないということで、病院の連中といっしょに、院長がつきそって割合《わりあい》早い帰還船《きかんせん》に押《お》しこんでくれた。


自分が帰ってきたばかりに、家族にはえらい迷惑《めいわく》をかけとる、申《もう》し訳《わけ》ないと思う……。――

長い話を終えて、父はゆかたの左肩《ひだりかた》を出して見せた。肩《かた》から後ろ首の肉がえぐりとられ、骨《ほね》が皮をかぶっているだけである。細い細い肩《かた》であった。

5――イモの運命

戦争が終わって一年が近づいてくると、英彦山《ひこさん》の村も人の動きが活発になった。

町から疎開《そかい》してきていた人たちが帰っていったり、とりあえず新しい働き口を見つけて英彦《ひこ》山《さん》から下っていったりした。同時に、父のように外地に行っていた人たちがもどってきたり、その人たちが職を求めてまた出ていったりして、荷物をかついだ人たちがしょっちゅう上り下りしていた。英彦山《ひこさん》の向こう裏側《うらがわ》は大分県《おおいた》との県境で、山は深く広く連なっていて、それまであまり見かけなかった山仕事の人たちもやってくるようになった。主に材木を伐《き》り出し、町に運ぶ人たちである。

金本力男《かねもとりきお》さんと朝子《あさこ》ちゃんの一家も今年、英彦山《ひこさん》にやってきた。参道と並行《へいこう》している裏道《うらみち》にあった家に、あちこち手を入れて屋根もふき替《か》えて住むようになった。力男《りきお》さんは中学二年で、朝子《あさこ》ちゃんは小学五年生。あゆみのうちに遊びにくる数少ない友達である。

二人ともヤギのオトメが大好きで、草をどっさり持って、なでにくるのだ。そのうち、

「ヤギを見たことねえっちいう友達がおってな、ちょいと見せてやりたいんよ。オトメを貸してもらえんかな」

「うん、いいよう。無理やり引っ張ったりせんでね、優《やさ》しくしちゃってよね、力男《りきお》さん」

「もち、もち」

力男《りきお》さんは、オトメを連れて友達のところに遊びに行ったりする。オトメは大喜びで、力男《りきお》さんがくるとはねて、メへへへエと鳴く。

朝子《あさこ》ちゃんも一人で遊びにくる。上がらせてね、といって、さっさと居間に上がってくる。

あるとき、あゆみが宿題を片《かた》づけていると、

「あっ、あゆみちゃん、勉強しとるん」

おどろいたようにたずねた。

「そう。これやっつけないと、朝子《あさこ》ちゃんと遊べんでしょ」

「あたしも宿題はあるんやけど……」

「そう。そんならいっしょにやる？　ここで」

「ここでっち、ほんと？　あゆみちゃんとこでやってもいいとね」

「いい、いい。宿題はなーに。むずかしいところ、教えたげる」

「わーっ、うれしっ」

朝子《あさこ》ちゃんはオトメのようにピョーンとはねて走って帰り、算数の問題のプリントを持ってきた。それからはときどき勉強をしにくる。あゆみも教えるのは楽しい。

山すその谷間の小さな空き地に、あゆみは朝子《あさこ》ちゃんをさそって、妹とイチゴや野草をつみに行く。そんなとき、山上から下の谷へ、大きな材木が次々に電線のような太い線を伝ってドーッと下ろされてくるのを間近で見て、三人は目を見張る。朝子《あさこ》ちゃんが「あれはね、太い銅線を滑車《かっしゃ》ですべってくるんよ」と教えてくれた。父《とう》ちゃんの仕事だとのことだ。

本家の人たちは、戦後の復興が始まっていて、材木はいくらあっても足りないのだろうと、お金になるのだろうと、なんとなくうらやましそうに話している。

あゆみはいそがしかった。朝食は母がつくってくれるので、みんなに食べさせて、片《かた》づけてから学校に行く。昼は給食が始まって、脱脂粉乳《だっしふんにゅう》とパンとおかずが出る。一年生の妹のことを心配しなくていいので、なんといっても助かる。このちょっとかぎなれないにおいのする脱《だっ》脂粉乳《しふんにゅう》の飲み物は、クラスのほとんどがゲーッと吐《は》くまねなどしていたが、あゆみにはおいしかった。父のお昼は、朝の残り物と野菜のバターいためと卵《たまご》とつけものを飯台《はんだい》にのせておく。

夕《ゆう》ご飯《はん》があゆみの知恵《ちえ》のしぼりどころであった。米が切れてしまうことはよくあったが、米がなくても、サツマイモかバレイショがあれば、なんとでもなる。カボチャがあればいうことはない。土曜日は母が手伝いに行っている役場が半ドンなので、午後は母からいろいろな料理を教えてもらうことができた。

あゆみのいちばんの得意料理は、バレイショとカボチャを半分ずつふかしてつぶし、それにニンジンや菜っぱなどをたくさん混ぜ、ひらべったく延《の》ばして、まとめてバターで焼く。間引きの青菜をつけて大皿に二個ずつ盛《も》ると、見た目もよくて、みんなも大好き。父が、ほうまそうな、というとみんなもうれしくなり、おじやの混《ま》ぜご飯《はん》までたくさん食べる。

そんな日、宿題が早く終わって、朝子《あさこ》ちゃんと学校の運動場に行って逆上《さかあ》がりのやり方を教えていた。今日で二回目だ。

「力いっぱい地面をけって足を上げる。ホラこうよ、腕《うで》にも力入れる」

やって見せてから朝子《あさこ》ちゃんと交代する。

「もっと、もっと足を上げて……」

「うーん、むずかしかあ」

「あ、だいぶん上がった、もう少しよ」

突然《とつぜん》、後ろから男の子の声がした。

「朝鮮《ちょうせん》と肺病《はいびょう》は仲良しやねえ。いつも遊ぶんか」

「え、いまなんていうたの。もう一回いうてごらん」

「朝鮮《ちょうせん》と肺病《はいびょう》は仲良しかっち聞いたんじゃが」

「そう、いちばんの仲良しよ。それがどうしたん、昭《あきら》くん」

あゆみは大きな声でいうと、朝子《あさこ》ちゃんを見た。朝子《あさこ》ちゃんは鉄棒《てつぼう》から手をはなし、泣きそうな顔で下を向いている。

あゆみはつかつかと男の子に近づいた。

「朝子《あさこ》ちゃんは同じ組でしょうが。なんでそんなこというんよ。いじめたりしたら承知しないよ」

「へっ、肺病《はいびょう》がいばってから……ああ、息したら肺病《はいびょう》がうつる、うつる」

昭《あきら》は鼻をつまんで走って逃《に》げた。あゆみはカッとして追いかけた。昭《あきら》はすぐにつかまり、洋服をつかんで引きもどされた。あばれる腕《うで》をしっかりつかんでから、

「あたしは元気よ、肺病《はいびょう》なんかじゃない！　さあ、ひっぱたかれるのがいい？　それとも突っ

き飛《と》ばしてやろうか」

「放せえ、放せえっ、先生にいうちゃるけんな」

「ああそう。先生にいうてごらん、しかられるのはあんたのほうよ」

あゆみはつかんだ腕《うで》にぎゅっと力を入れた。痛《いた》い、痛《いた》いとあばれる。

「あやまるなら許してやってもいいけど。どうする」

昭《あきら》があゆみの足をけった。遊んでいた五、六人が寄ってくる。

「今度そんなことしたら、源助《げんすけ》じいちゃんの牛小屋の中にしばりつけてやる。あの角《つの》の曲がった黒牛とは仲良しなんよ、あたし。オトメの草刈《くさか》って半分は黒にやるんだから。えーと、それから明日の週番日誌《にっし》に、山口昭《やまぐちあきら》がこんな悪口を大声でいうたって書くからね。校長先生もお読みになるんよ、週番日誌《にっし》は」

ほんとうにバカなんだからといって、あゆみは突《つ》き放《はな》すように昭《あきら》の両腕《りょううで》をはなした。

昭《あきら》は一目散に逃《に》げていった。あゆみは、

「朝子《あさこ》ちゃん、帰ろう」

と、朝子《あさこ》の手を握《にぎ》った。

「あゆみちゃん、強かあ。追いかけてって、ひっつかまえた」

「まあ、からいばりみたいなもんよ、ふっふっふ」

朝子《あさこ》ちゃんには笑ってみせたけれど、くやしさは容易におさまらなかった。

日曜日。

「あゆみちゃーん、たきものとりに行こーう。力《りき》あんちゃんが行くんだって」

「えっ、ほんとに？」

「あのねえ、地蔵《じぞ》ン坂《ざか》から入ったところの山で、杉《すぎ》の立《た》ち枯《が》れを二本見つけたんだってよ」

昼《ひる》ご飯《はん》を食べてすぐ、朝子《あさこ》ちゃんの意気ごんだ声がする。

「ふーん、あたしも行っていいんかなあ」

「うん、いい、いい。あんちゃんがさそえっちいうたんよ」

「そう、うれしーいっ」

土間のすみに置いている背負子《しょいこ》に、あゆみは大急ぎで縄《なわ》と麻袋《あさぶくろ》をしばりつけ、両手を通しながら参道に走り出た。同じようなかっこうの朝子《あさこ》ちゃんが待っていて、力男《りきお》さんが下からおまたで上ってくる。手に、片方《かたほう》がカギになっている四、五メートルはある棒《ぼう》を持っている。

三人は一〇〇メートルほど足早に上ってから、すぐに石だたみの参道から外れ、山に入った。タケノコをとりにくる竹林である。かなり広くて、竹屋根をまっすぐ突《つ》っきり、しばらく歩くと、竹屋根のはしの竹がとぎれた窪地《くぼち》に、村の人がとり残したらしい、ゴサンチクといわれる小さくてうまいタケノコがいっぱい生えている。

「採って帰ろうや、朝子《あさこ》ちゃん」

「うん、帰りにね」

三人は力男《りきお》さんを先頭に地蔵《じぞ》ン坂《ざか》を上り、朝子《あさこ》ちゃん、あゆみの順で杉山《すぎやま》に入った。細い曲がりくねった山道を上っていく。

伐採《ばっさい》や枝打ちがされてない杉山《すぎやま》の中は日がさえぎられて暗く、ハアハアと息がはずんで汗《あせ》が出る。

「もうひとがんばりやけんな」

「うん、うん」

力男《りきお》さんの声に二人は同時にうなずく。大きな背負子《しょいこ》の力男《りきお》さんのわきには小型のノコがベルトにさしてあり、地下足袋《じかたび》をはいていて、後ろから見ると大人のようだ。

「ほら、見えた。あそこよ」

力男《りきお》さんの指さす木のあいだに、五、六メートルの枯れ木《かき》が見えた。枝も右左に出ていて、枝先にも茶色の杉《すぎ》の枯《か》れ葉《は》がいっぱいついている。

「あっちの奥《おく》のも枯《か》れとるが。見えるか?」

「いやあ、わからん……ねえ、あゆみちゃん」

「わかった。この木から斜《なな》めにまっすぐ数えて、一、二、三、四、五、六番目にあるのが枯《か》れとうよ」

「あっ、ほんとだ」

英彦山《ひこさん》の冬はとても寒い。参道にも腰《こし》までくらい雪がふるのだ。たきものがなくなったら、家の中は凍《こお》る寒さだ。この山の持ち主は英彦山《ひこさん》の人ではないそうで、山を持たないよそからきた者は、いずれ伐採《ばっさい》される立《た》ち枯《が》れの木を黙《だま》っていただいてもいいことになっていた。もういまの時期は、指先にハアーハアーと息を吹《ふ》きかけることもないけれど、朝夕はまだ冷える。

力男《りきお》さんが、枯《か》れた木についている枝にカギをひっかけて、バリッと打つ。枝はあっという間に木からはなれ、バサッと足元に落ちてくる。次々と枝が落とされた。

朝子《あさこ》ちゃんとあゆみは枝を一カ所に拾い集めていく。枝を落としてから力男《りきお》さんは、はだかの木の根っこに座《すわ》りこみ、ジョキジョキ、ジョキジョキとノコをひく。

直径一〇センチほどの木は、やがてかたむき、力男《りきお》さんがヤッと声を上げて両手で押《お》すと、あっけなくたおれた。

「うわぁ、やったね、力男《りきお》さんっ」

あゆみは思わず万歳《ばんざい》する。

「なんちゅうこたないよ」

といいながら力男《りきお》さんは、七、八〇センチほどの長さに小切る。

「根っこのほうは二人で持たにゃあ重いぞ」

「ほーんと、重いよーっ」

朝子《あさこ》ちゃんがちょっとあまえた声を上げる。

「よしよし」と、力男《りきお》さんが根っこの切ったのを持ち上げて、ボイーンと枝を集めたところに投げる。

枝と幹とひとつところに集めたら、二本目にかかる。

力男《りきお》さんが枝を下ろしているあいだに、朝子《あさこ》ちゃんとあゆみは茶色に枯《か》れた杉《すぎ》の葉を集めて袋《ふくろ》に入れる。チカチカ、チカチカと杉《すぎ》の葉は二人の手をさす。

「ああ、痛《いた》い、いたたたたあ」

「ほーんと、わ、痛《いた》い。痛《いた》いなあ、もうっ」

痛《いた》い痛《いた》いといいながら、それでも二人はせっせと落ちている杉《すぎ》の葉を拾う。枯《か》れた杉《すぎ》の葉は、なんといってもたきつけにはいちばんなのだ。マッチで直接、火がつけられるし、よく燃え上がる。あゆみの家のかまどの横にも杉《すぎ》の葉を入れておく場所があり、絶えず拾ってきては絶やさないようにしていた。

ご飯《はん》を炊《た》くときは二度、杉《すぎ》の葉を使う。最初のたきつけと、ご飯《はん》ができてからちょっとむらし、最後に杉《すぎ》の葉をひとたきすると、うっすらとおこげができて、おいしいご飯《はん》になると、おばあちゃんに教えてもらった。

杉《すぎ》の袋《ふくろ》に片足《かたあし》を入れて、ぎゅうっとふんで押《お》しこんでから、また空いたところに、痛《いた》い、あたたた、といいながら、せっせと杉《すぎ》の葉を拾って詰《つ》める。

二本目の杉《すぎ》の木も枝を落とされ、小分けにされた。たきものはみんな一カ所に集めた。

あゆみと朝子《あさこ》ちゃんは、背負子《しょいこ》に巻《ま》きつけてきた縄《なわ》を二本ずつ伸《の》ばす。

杉《すぎ》の枝を一〇本ほど縄《なわ》の上に置くと、力男《りきお》さんが小切った丸太を二本置いてくれる。

「あゆちゃん、これを炉《ろ》にたくときな、枝の上に乗せておくと、トロトロ燃えて長《なご》うもつからな。おきは灰《はい》をかけとくと、朝まで温《ぬく》いよ」

「うん、ありがと、力男《りきお》さん」

丸太の上にまた枝を乗せて縄《なわ》をしばる。

「なんや朝子《あさこ》は、枝をそろえて並《なら》べないかん。枝先と根本がぐちゃぐちゃじゃん。これじゃあ縄《なわ》もしまらんぞ。あゆちゃんの見ろや、きちんとそろうとる」

「アラ、朝子《あさこ》ちゃん、あたしが手伝うから、ちょっと待ってね。あたしのほうは縄《なわ》がギュッとしまらんで、ゆるゆるなんよ」

「ああ、いい、いい。あゆちゃん、おれが縄《なわ》しめて、たきぎ束《たば》をつくっちゃるよ。足で押《お》さえてからしめるっちゃ」

あゆみが朝子《あさこ》ちゃんの縄《なわ》の上に枝をそろえて並《なら》べ、力男《りきお》さんがあゆみのたきぎ束《たば》をつくってくれる。すき間に幹の小さな丸太を、ぎゅうぎゅう押《お》しこんでくれている。背負子《しょいこ》にしっかりしばりつけてくれた。

「あゆちゃん、背負《せお》えるかいな。ちょっと手を通してみ、重とうないか」

「うん、ちょうどいいよう、力《りき》ちゃん、ありがと」

あゆちゃんと呼《よ》んでくれたので、あゆみも力《りき》ちゃんと呼《よ》ぶことにする。配給物とりに行ったときよりずっと軽いと思う。

「手には杉《すぎ》の葉の袋《ふくろ》も持たにゃいかんよう」

はーいと二人いっしょに返事をする。

力男《りきお》さんは木挽《こび》きした物を二束《ふたたば》にして背負子《しょいこ》に乗せ、縄《なわ》でギュウッとしばる。

「さ、帰るぞ。二人とも転ばんようにゆっくり下ろう」

帰りも力男《りきお》さんが先頭で、朝子《あさこ》ちゃん、あゆみの順に並《なら》ぶ。山の中のくねくね道はけっこう遠いし、杉山《すぎやま》の中は暗い。しかし、ひと曲がりするたびに明るくなり、近くの雑木林の木の葉が黄緑色にてかてか光って見えるようになると、坂道もゆるやかになる。竹屋根まで下りてくると、竹を囲んでいるまわりの雑木山のそれぞれに、色のちがう緑がワッと押《お》し寄《よ》せてくる。

「あたし、ゴサンチク採って帰りたい。今晩《こんばん》のおかずに」

あゆみは大きな声でいう。一人だけ残ってでも持って帰りたいのだ。

「あゆちゃん、ご飯《はん》つくるん？」

「うん、もちよ。お父《とう》さんもお母《かあ》さんもゴサンチク好《す》きなんよ」

「そんならここでちょっと休もう」

力男《りきお》さんはアッという間に背負子《しょいこ》を斜面《しゃめん》のとちゅうに下ろした。そして、それこそアッという間にゴサンチクを採りはじめる。あゆみも急いで背負子《しょいこ》を下ろし、ゴサンチクにとりついた。かたまって生えているので両手で採れるほどだ。一〇本ばかり採って力男《りきお》さんを見ると、ひざの前にあゆみの倍ほども集め、ノコの先でゴサンチクの皮を一気に切り開き、両手でぐっと皮をむいては、ゴサンチクの中身をえぐり出している。

「わあ、皮むくの、速ーい！」

「あゆちゃん、それもこっちに持っておいでよ」

「はーい。でも……あたしも力《りき》ちゃんみたいになんでも上手《じょうず》になりたい。あたしにも、皮むくの、やらせて」

「そりゃいいけどな……こうやって根っこのほうを持って、力を入れて上からギュッとノコを下げる。そしてから真ん中あたりの切り口に親指入れてな、こうやってよ、ウンッと広げる。ほら、こうすると出てくるったい」

小さな中身がぐっと押《お》し出されてきた。一五センチくらいのタケノコだ。

「わーあ、うれしい。五、六本あれば、あたしはいいんよ。あげどうふとサトイモと煮《に》つけよっと。今夜はごっつぉうだあ」

「あゆちゃんがほんとに煮《に》るん？」

「そうよ、もちもち。ゴサンチクはねえ、ちょっとゆがくだけで、すぐやわらこうなるの。おいしいよう」

あゆみのゴサンチクの皮むきは三本ほどやってみたが、うまくいかなかった。結局、一枚《いちまい》ずつ手で皮をはぐことになった。そのあいだに力《りき》ちゃんがぜんぶ皮をむいて、あゆみの杉《すぎ》の葉の袋《ふくろ》に入れてくれた。

「ヒャーッ、重たーい。持てんよーう。半分にしてえ」

あゆみがさけぶ。

「あゆみちゃん、欲《よく》かかにゃうまいもんは食われん」

「うん、それはようわかっとる。でも重すぎるよ、ぶらぶらして転びそう。ここのゴサンチクは特別おいしいの。味がちがうの。英彦山《ひこさん》の人たちはねえ、いまごろはだれでもいちばん先にこれを採りにくるんよ。お母《かあ》さんに半分持って帰ってあげて。きっと喜ばれるから」

「ふーん、ほんとうか」

「ほんと、ほんと」

それでもあゆみは一〇本以上を持って、フーフーいいながら、ようやっと家にたどり着いた。

水をたらふく飲んでから、納屋《なや》に「お父《とう》さん、ただいま帰りました」と、声をかける。同時にニワトリ小屋の向こうにつないでいるオトメを放し、お乳《ちち》しぼらせてね、というと、メヘヘヘエと鳴いて足をピョンとはねる。オトメもあゆみも乳《ちち》しぼりにすっかり慣れた。

綱《つな》をほどいてやると、畑のまわりをトコトコ歩く。見慣れないものがあったりすると、ときどきうれしそうにメヘヘヘエと声を上げる。あゆみがたきものを置き場に片《かた》づけていると、あとをついてきて、おしりを頭で押《お》したりする。よしよしオトメと、声をかけてやる。

「あっ、オトメはまたあちこちにウンコしたな。ほーら、ふんじゃったよう。見てよ」

たきぎ置き場の前にオトメの丸いフンが散らばっている。いくら教えてもフンをする場所を覚えない。あゆみは畑のはしの草に靴《くつ》の底をこすりつける。オトメはしかられたことがわかるらしく、あわてて乳《ちち》しぼりの場所にとんでいった。この場所はわかっているのだ。裏《うら》の畑のあちこちにフンは落ちている。ニワトリのフンまでまじっているけれど、このごろ、あまりきたないとも思わなくなった。父がトリ小屋を開けてやるらしく、ニワトリもあちこちでえさを拾っている。

まず台所で手を洗《あら》ってなべを持って近づくと、笑ったような顔でメヘーと鳴く。納屋《なや》から出ているかぎ型のくぎにオトメをつないでから、

「じっとしとってよね」

と声をかけてからしぼりはじめる。手がだるくてたまらなくなり、ちょっと休む。

そしてまたしぼるのだが、ちょっと手を休めているあいだに、オトメも足をチョチョッと動かす。

呼吸《こきゅう》が合うというのか、要領がよくなったのか、オトメのお乳《ちち》までが増えている感じである。

そっとなべを持って土間から炊事場《すいじば》の流しに行くと、オトメもついてくる。

「ダメダメ、ここは人間の食べる物しかないよ。オトメは畑の向こうの草を食べなさい」

オトメを追い出してから、なべを火にかける。

たぎり上がってくるまでじっと見ている。すぐに吹《ふ》きこぼれるからだ。少し冷えてから、父の特大の湯飲み一杯《いっぱい》を別にとる。今日はまだたくさん残っている。

あゆみはいいことを思いついて、なべ焼きをつくった。卵《たまご》を二つ奮発《ふんぱつ》して、麦の粉《こ》を多めに入れ、オトメの乳《ちち》でこねた。ふくれて、いい色にできあがっている。ニワトリが卵《たまご》を二個ずつ産むようになったから、少し余裕《よゆう》があるのだ。一個が二個になると、お父《とう》さんに毎日食べさせられるし、みんなも順番に食べられる。

できたての大きく丸くふくらんだなべ焼きを四つに切り、とっておきのきれいな紙にていねいに包《つつ》んだ。以前、母がこうして人に物を上げていたのだ。紙を通して温かみが伝わってくる。

包《つつ》みを持って、あゆみは参道を横切り、裏《うら》の細い道に出て、とっとと下っていった。

朝子《あさこ》ちゃんの家の前でちょっと立ち止まる。

力男《りきお》さんか朝子《あさこ》ちゃんが出てくるといいけれど、おばさんが出てきたら、なんとなく恥《は》ずかしい。

「ごめんください」

思ったより大きな声が出てホッとした。

「はいはい。あら、あゆみちゃん」

やっぱりおばさんだ。

「あのう、これ、あたしがつくったんですけど、力男《りきお》さんと朝子《あさこ》ちゃんのおやつです。たきものいっぱいとってもらって……それでそのう」

「力男《りきお》、力男《りきお》っ」

おばさんの呼《よ》び声《ごえ》は大きい。何事かが起こったような声である。

「どうしたんよ、母《かあ》ちゃん、あ、あゆみちゃん」

「これ、あたしがさっきつくったの、食べて」

そういったとたん、肺病《はいびょう》やみのいる家でつくったものなんか食べないかも……と思いついて、血の気《け》が引くのがわかった。いまのいままで気がつかなかった。

「ふーん、おっ、温《ぬく》いね」

力男《りきお》さんは中身を確かめるように手のひらにのせてみて、ちょっとふってから、べりっと包《つつ》み紙をはがした。そしてなべ焼き二枚《まい》いっしょにパクリと口に入れた。

「わっ、うんめえ」

「力男《りきお》、なんち行儀《ぎょうぎ》の悪い。あゆみちゃんの前で立ったまんまで食べてよ。恥《は》ずかしかちゅうたらもうっ！」

「うまかあ、うまかなあ」

部屋のはしのほうに置いてあるちゃぶ台に、なべ焼きをくわえたまんま、ドサリと座《すわ》った力《りき》男《お》に、

「こらっ、力男《りきお》。朝子《あさこ》にひとつやりなさい。母《かあ》ちゃんにもおくれ」

「ありゃ、母《かあ》ちゃんも食べたかと？」

「食べてみらんことにゃ、どうやってつくるか、わからんじゃろうが」

しぶしぶ、おばさんにひとつわたしている。あゆみはくすくす笑った。

「そうそう、あゆみちゃんにいいもの見せてやろ。裏《うら》の小屋にきてみ」

「なーに」

力男《りきお》さんはむしゃむしゃ食べながら、ゲタをはいて家をぐるりと回って、小屋の横の屋根を

継《つ》ぎ足《た》してつくっている囲いの下のむしろをそっと持ち上げた。

サツマイモが一〇個ほど並《なら》んで土に埋《う》まっている。

「ほら、ここ見てみ」

イモの先には、米つぶほどのやゴマつぶのような小さな芽が点々とついていて、赤いよく太ったイモを選んだことがわかる。

「この芽がどんどん伸《の》びて、葉が出て、イモヅルができるんよ」

「うーん、そうよね。去年は坂本《さかもと》までイモヅル買いに行ったけど、もうなかったの」

「このツルを畑に植えときゃあ、イモがごろごろ採れる。あゆちゃんに五〇本やるよ」

「えーっ、五〇本も。ほ、ほんとに？」

「ほんとにやるよ」

「うれしい……でも、あたし、五〇本もいらないけど……」

「やるちゅうたらやる。おれが植えたっちゃん、約束はたがえんよ、絶対。飯塚《いいづか》におったときにね、やっぱしイモ床《どこ》つくってツルをとってね、父《とう》ちゃんやら友達と山の畑に二〇〇本以上植えてね、山のごとイモができてよ、炭鉱長屋に配って歩いた」

「あら、力《りき》ちゃんとこ、炭鉱におったん？」

「そう。ずっと前やけどね、炭鉱の坑内《こうない》で大バレがあって、父《とう》ちゃんの友達が何人も死んなさったんよ。そいで山仕事に変わったちいうとった」

「ふーん、力《りき》ちゃんとこも、大変やったんやねえ。炭鉱はよく事故が起こっとるもん」

「そう。おれは子どもやったけど、母《かあ》ちゃんがいつもいつも心配しとった」

「そりゃあそうよ。坑内《こうない》に下がって石炭掘《ほ》っていたらよ、いつボタかぶるかわからんもんねえ。英彦山《ひこさん》の下の村にも、炭鉱で亡《な》くなった人が何人もおられるんよ」

「そう、下の村の中学校に行くようになって知ったんやけどよ、父《とう》ちゃんより五メートル奥《おく》におった人が死んだてよ。そこの子と友達になってな、そいで父《とう》ちゃんがよういうとる、人の運命なんち、ちょっとのことでどう変わるかわからんち……」

「まあ、うちのお父《とう》さんもまったく同じことといったの。ボルネオにおるときにね、背中《せなか》を撃《う》たれたんよ。あと五センチ首に近かったら死んでたって。人の運命はわからんもんだって」

「へーえ、そうかあ、あゆちゃんのお父《とう》さんも。知らんかったなあ。なんでかようわからんけど、同じようなことかもしれんな。そやけど、あゆちゃん、このイモの運命はようわかっとるが」

「えっ、イモの運命って？　イモにも運命があるん、ヘンなの……」

「ヘンどころか、イモの運命は開けとるよう。前途洋々《ぜんとようよう》ちゅうもんよ」

力《りき》ちゃんがイモをひとつつかみだした。意外にどっしりとして大きい。

「数えてみてよ、芽がいくつ出とるか」

力《りき》ちゃんがあゆみに持たせる。

「わ、大きーい。芽は八つね」

「そのとなりは？」

「えーと、やっぱり八つよ」

「そのとなり」

「七つ」

このイモをちょうだい、といいたかった。これがあれば、さいの目に切って麦のおじやに炊《た》きこめるし、粘《ねば》りもあまみも出て、みんなが腹《はら》いっぱい食べられるんだけど。

「その次は？」

「八つ」

うんとうなずいてから、力《りき》ちゃんはイモを土にもどした。

「これがぜんぶイモヅルになる。イモヅルは何本採れるこつになるかいな」

「えーと、少なく見積もるとしてと、七、八〇本。あの、あたし、二〇本でいいから」

「計算がちごうとるよ、あゆちゃん。イモの芽は、ツルをとったあともまた伸《の》びてくる」

「えっ、ほんとに？」

「七、八〇本の倍よ。二番苗《なえ》が採れる。一番に採った苗《なえ》ほどは実らんかもしれんけどな」

「ね、力《りき》ちゃん。ほんとに、ほんと？」

「ああ、ウソはいわんよ。うちの父《とう》ちゃんがいいよった」

「ふーん、そしたら、イモがぜんぶで一五〇個は採れるってことよね」

「また、計算がちごうとる、あゆちゃん。イモは一本のツルに一個じゃないよ。二個か三個は実るんよ。あゆちゃん、イモ掘《ほ》ったことないんか」

「え、えーっ、そ、そんなに。どうしよう。すごいことになるねえ、力《りき》ちゃん」

「イモ三〇〇か、いいや、もちっといくぞう。ね、あゆちゃん。イモの運命は開けるやろうが。来年はそれを一〇個とっといて、また植える」

「うん、ありがと。ほんとにイモの運命は開けるなあ、あはははは」

「イモは増えまくるぞう、あゆちゃん、うっふふふふ」

思わず顔を見合わせて笑った。

「来月には、えーと五月のおわりころかな、この芽も葉もズーンと伸《の》びてね、一番苗《なえ》、とれるんよ」

「そーお、あたし、毎日見にきたい」

「あゆちゃん、ツルなんかほうっときゃひとりで伸《の》びる。それよか、畑よ畑」

「そうよね。庭の畑、せまいし……」

「前にイモ掘《ほ》りしたとき聞いたんやけど、イモは山の土が好《す》いとるて、だれかいうとったなあ」

「山の畑ねえ。あたし、お母《かあ》さんに相談してみる」

「おれも。そいでな、父《とう》ちゃんの話やけど、戦争も終わったし、イモのようにおまえの運命もどんどん開けてくるんやと。あゆちゃんの運命もこれから開けてくると思うて、元気出しよ」

「うん。そう思うことにする。イモみたいにいいこといっぱい増えるって、元気が出るもんね」

「そうそう。じゃあね、うまいもん、ありがとう。あれ、また食いてえな」

力《りき》ちゃんと会うと、いつも楽しくなる。わたしの胸《むね》の中の重しをすぐにわかって、光でさっと照らし出し、素朴《そぼく》なことばで、何でもなさそうな顔で、すくいとっては除《のぞ》いてくれる。お父《とう》さんが病気していることも、うちのたきものが減って夜は寒いこともわかってくれている。力《りき》ちゃんは魔法使《まほうつか》いみたいな不思議な人だと思う。

それから三、四日して、夕《ゆう》ご飯《はん》もすんで後片《あとかた》づけも終わったころ、

「ごめんくださーい。あゆみちゃーん」

元気な力《りき》ちゃんの声だ。あゆみが出ていくと、力《りき》ちゃんとおじさんが立っている。そしておじさんは大きな白い袋《ふくろ》を肩《かた》にかついでいた。細引きで十字にしばってある。

「これば、もろうてつかあさい」

おじさんが上がり口に袋《ふくろ》をドンと下ろした。あゆみはあわててお父《とう》さーんと呼《よ》んだ。思いがけずおじさんがいたので、ついあわててしまい、父を呼《よ》んだのだ。

父に続いて母も妹も出てきたので、おじさんのほうもおどろいた様子で、いきなりいいだした。

「こ、これをどーぞ。うどんやら、ダゴにしたら、はあその、う、うまかですけん……」

「あら、力男《りきお》さんのお父《とう》さん。先日はあゆみが山に連れていっていただいて、ありがとうございました。おかげで部屋の中があたたかで……、えっ、どーぞって、これは、何でしょう？」

「あ、あのですね。今日、山の木をトラックに積んで伊田《いた》の製材所に運んだとですたい。帰り

がけに駅前でアメリカの放出物資を売りよりましたとです。大きな看板《かんばん》立てて。製材所の親方が、この麦の粉《こ》はこりゃあなかなかよかぞ、うちも買いよるからちいいなさって、二つ買うてやんなさったとですよ。それでお宅《たく》にひとつ持ってきましたと」

「えーっ、そんなことしていただいちゃあ、それにこんなにたくさん」

「いいや、いいや。そげんなどころじゃありまっせん。朝子《あさこ》は毎日あゆみちゃんに遊んでもろうて、宿題みてもろうたり、勉強教えてもろうたりしよります。いつも部屋に上がらせてもろてから」

「金本《かねもと》さん、これはアメリカの麦の粉《こ》ですね。ウィートフラワーと袋《ふくろ》に書いてあります。ニュージャージー産ですよ。あちらはパンを焼きますからね、これはいいものですよ。こんなにたくさんいただいてもいいんでしょうかなあ」

お父《とう》さんがていねいに話すと、

「はいはい。よかとです。製材所の親方はいくらでも材木はほしいというておりますけん。これからまーだまだ、材木会社じゃ何回も木を伐《き》り出して運ぶことになるそうな。それでよろしくたのむちゅうことで、親方が麦の粉《こ》をただでくれたとです」

「あっちじゃあ、どこのうちにも粉入れが備えてある。日本の米びつと同じですよ。わざわざ持ってきてくださったんだから、ありがたくいただこうじゃないか」

「うん、もらおうよ、お母《かあ》さん」

あゆみははりきって答えた。おいしいなべ焼きが一〇〇枚《まい》以上できるだろう。それに団子汁《だんごじる》とうどん。もう目の前に、大きないりこの入ったうどんに、卵《たまご》を落としたどんぶりが見えてくる。「ほう、うまそうだな」とお父《とう》さんがはしをとる。お父《とう》さんが食べるとお母《かあ》さんが喜ぶ。

「ありがとうございます。こんないいもの、くださるなんて」

三人は深々と頭を下げた。

「あのな、あゆみちゃん、ほらあれ、あのおいしいもんよ……、温《ぬく》いでやわやわのあまいやつ。あれのつくり方、教えてくれや」

「力男《りきお》、おまえ中学生にもなって何をいいよるか。何のことやらはさっぱりわからんぞ」

おじさんがひじでドンとこづいた。

「ああ、おじさん、いいんです。力男《りきお》さんのいうこと、わかってまーす。あれね、うっふっふ」

「うんあれよ、あはははは」

「なべ焼きってあたしはいうとるけど、なべでつくるからなんよ。フライパンがあったらねえ」

「フライパン、家にあるよう」

「えっ、あるの、フライパン。それやったら、今度の日曜日、力《りき》ちゃんとこにつくりに行ってあげる、あたしが。この粉使ったら、すごくおいしいのができると思う。あれはふくらます加減がむずかしいんよ。明日、朝子《あさこ》ちゃんに材料書いて、ことづけるから。バターとサッカリン、ふくらし粉《こ》はうちにあるし」

「うん、わかった、たのむね」

「おかげで、なんかおいしいもの、つくりはじめるようですな、粉で、子どもたちが」

お父《とう》さん同士がうなずきあう。お母《かあ》さんが、

「あれはホットケーキっていうんじゃないかしらん。フライパンでつくるんならパンケーキかな。お母《かあ》さんも楽しみにしてまーす」

「うわっ、ホットケーキだって。大変よ、力《りき》ちゃん、失敗したら困《こま》るなあ」

「よかよか、まかせときんしゃい」

「おい、だいじょうぶかあ、おまえ。あゆみちゃんにもろうて食っただけじゃろう」

おじさんがまたドンとひじでつついた。みんながクスクス笑った。

次の日曜日のホットケーキづくりは楽しかった。

力《りき》ちゃんのおじさんが、オトメの乳《ちち》では足りないだろうといって、彦山《ひこさん》駅前の店から牛乳《ぎゅうにゅう》を五合ビンで買ってきてくれた。あゆみは、サッカリンを町の薬局から五つぶ買ってきてくれるように、土曜日に寄宿舎から帰る姉の房江《ふさえ》にたのんだ。配給でもらったかんづめのバターとふくらし粉《こ》とサッカリンに、昨日と今日産んだ卵《たまご》。粉は力《りき》ちゃんが出すという。力《りき》ちゃんのお母《かあ》さんは流しのまわりをきれいに片《かた》づけて待っていてくれた。

力《りき》ちゃんが七輪《しちりん》の下の口をばたばたあおいで、火をおこしている。まーあとあゆみが声を上げるほど、大きなピカピカの新しいフライパンだった。みんなが食べたいホットケーキをつくるのになんて似合うんだろうと、あゆみはうれしくて、こんなすてきなフライパンを使わせてくれるおばさんに感謝した。

大鉢《おおばち》に卵《たまご》四個を割《わ》り入れて、白身がなくなるまで混ぜてから、材料をみんな入れる。力《りき》ちゃんがしゃもじでどんどんかき混ぜる。二回に分けて焼くので半分に分けてから、あゆみがフライパンを手にとる。

「力《りき》ちゃん、いい？　あたしが油を引いて七輪《しちりん》にかけるから、けむりが出はじめたら、練ったものを一気に入れるのよ」

「うん」

あゆみは火加減を見る。

「ほら、けむりが出だしたよ。入れて。速く、たらたらじゃダメ」

「よーし、いくぞう」

力《りき》ちゃんが思いきったようにドーッと鉢《はち》からフライパンに移す。

「しゃもじできれいに鉢《はち》についたのをこそぎとってね。よーし、そうしたら、ぴっしゃりとふたをする。なべぶたの合うやつ、さがして」

「うん、わかった」

力《りき》ちゃんがふたを二つ出してきて、してみる。あとのがぴったし。

「このまましばらく置く。開けてみちゃだめよ」

「うん……」

「ねえ力《りき》ちゃん、ちょっと時間があるからね、あたし、イモ見てきていいかしらん。芽がどのくらい伸《の》びたか見たいの」

あゆみは走って裏《うら》に回っていった。かぶせてあったむしろもワラもなくて、赤いイモにたくさんの芽が伸《の》びている。一〇センチ以上も伸《の》びた芽には、先のほうに葉っぱが開いている。

「かわいーい、おイモちゃん。どんどん伸《の》びてよう。運命が開けるんだから」

一つひとつ見て話しかけ、芽を数えてみる。ほとんどのイモに六、七、八本の芽が見える。

うっとり見とれそうになったとき、

「あゆちゃーん、大事《おおごと》の起こっとるよう！」

力《りき》ちゃんの大声が走ってきた。

「どうしたんよ、びっくりするじゃん」

あゆみがかけつけると、フライパンにぴったりかぶせたふたが一センチ以上、持ち上がっている。

「うわあっ、ふくらんだねっ。大成功！　力《りき》ちゃん、ふた開けて」

「よしっ、いいんかあ、これで」

ぶつぶつ泡立《あわだ》ったように見える表面を、二人はにらむ。

「いい、いい？　これからが大変なの。これをひっくり返す」

「えーっ、そりゃ無理。はみだしとるもんな」

あゆみは黙《だま》って流しの前に差してある薄刃《うすば》の包丁をとり、フライパンと盛《も》り上《あ》がっているケーキのあいだに差しこんだ。そして少しずつ動かし、すき間をつくっていく。半分まできたところで、あとを力《りき》ちゃんがやる。なんとなく焦《こ》げくさい。あわててフライパンを七輪《しちりん》から流しに移した。包丁を二本使ってあゆみがケーキをそっと持ち上げ、それーっとひっくり返す。アッと、同時に声を上げた。ケーキの底は黒褐色《こっかっしょく》に焦《こ》げている。包丁でさわるとガバガバと音がして、かたくなってしまっていた。

「あ、あゆちゃん、失敗かぁ」

またぴったりとふたをして、あゆみは黙《だま》って唇《くちびる》をかんだ。

しばらくしてふたをとり、顔を近づけると、いいにおいがふんわりと鼻先にただよってくる。

ケーキの中はだいじょうぶにちがいない。

「ごめん、ほんとにごめんね、力《りき》ちゃん。イモなんか見に行ったからよ、あたし、どうしても見たかったの、運命が開けるイモを早く」

「うん、よかよか。ケーキおいしゅうないでもよかと。気にせんでな」

「ううん、だいじょうぶみたいよ。ほら、いいにおい」

力《りき》ちゃんも鼻を近づける。

「ほーう、すげえ、すげえ。大成功じゃん」

あゆみはフライパンのふたをとり、七輪《しちりん》から下ろして、やかんとかけ替《か》えてから、まな板の上にトンとひっくり返した。

「おーおう、いい具合や、なあ、あゆちゃん」

「ほんとだ、これはいいわあ。キツネ色。おしかったな、反対側」

もう一度、まな板の上でひっくり返してみる。かなりの焦《こ》げだ。仕方がない。あゆみは十字に包丁を入れて、四つに切った。

「うわあ、うまそうやん」

あゆみは焦《こ》げた表面を薄《うす》くそぎ落とした。そのあとにたっぷりのバターをぬる。そぎ落とした表面を、はい、お味見といって、力《りき》ちゃんにわたす。力《りき》ちゃんがその半分をあゆみにくれる。

「うんめえ！　バターつけよう。上等、上等」

「ほんとだ！　でもちょっと焦《こ》げくさい」

「さあ、一丁上がり。もう一回焼くよう」

あゆみが炭を足す。

「よーし、油ぬるね」

力《りき》ちゃんが油をフライパンにぬる。七輪《しちりん》にかけて、

「けむりが出たぁ」

力《りき》ちゃんの声に、今度はあゆみが残していた半分をドーッと入れる。そしてふたをぴったり。今度こそうまくやるぞ。いつもうちでつくるので、ちょっとゆだんして焦《こ》がしてしまったのだ。気を散らさず、二人でフライパンをにらむ。火はガンガンおこってきたのに、ふたは持ち上がってこない。なんで？　ふくらんでこないんだ！　なんだかイヤな予感。

とうとう我慢《がまん》できずにふたを開けてみた。わずかにふくれてはいたが、ふたを持ち上げるほどの半分もない。どうしたのかわからないが、もう返さなければ底がまた焦《こ》げそう。

そーりゃっと、うまくひっくり返しはしたものの、全体がふんわりとはしてないようだ。

「なんかちがうねえ。どうしたんかなあ」

「うん、かたそうだぁ」

ふたをして、しばらく置く。二人は顔を見合わせる。しばらく待ってから、力《りき》ちゃんがふたを開け、ギュッと指で押《お》してみた。

「やわい、やわい、だいじょうぶじゃん」

「ふくらんでないの、ああ、くやしいなあ、うまくいくと思ったのに。なんでふくらまないのかなあ」

力《りき》ちゃんがフライパンをまな板に置き、それえとかけ声で返して、ケーキを取り出した。

わたしの分は五個に切るとあゆみがいい、不ぞろいに五個に切った。バターをぬってできあがりだ。

こっちをうちがもらうよと力《りき》ちゃんがいう。いいの、いいの、人数分に切ったし、うちはこっちでいいと、あゆみはゆずらなかった。水屋に入っていた大皿に、力《りき》ちゃんの家族分によくふくらんだ四切れのケーキをのせ、またバターを足して水屋に入れておいた。

「おもしろかったね、父《とう》ちゃん、喜ぶぞう。またつくろうや」と、力《りき》ちゃんは毎日でもつくりたそうだ。

「うん、またね」とあゆみは答えたが、ケーキづくりはもっとお母《かあ》さんにたずねて研究しないといけないと思う。

その晩《ばん》、終《しゅう》バスで帰ってきた母にたずねたら、最初に焼いてから時間がたちすぎたので、ふくらし粉《こ》が働かなかったのだろうということだった。上等の粉はそれでも口の中がなめらかで、けっこうおいしいと思う。続けて二枚《まい》のホットケーキを焼いて満足したあゆみは、何よりも、アメリカの麦粉は少しずつ大切に使わねばならないと思うのだった。

この年の秋、裏《うら》の畑でイモ掘《ほ》りをした。

房江姉《ふさえねえ》さんが女学校の寄宿舎から帰ってきたし、力《りき》ちゃんも朝子《あさこ》ちゃんもクワをもって手伝いにきてくれて、それはにぎやかなイモ掘《ほ》りだった。五〇本の苗《なえ》から、力《りき》ちゃんが予想したように、あゆみの家族がびっくり仰天《ぎょうてん》するほど、山のようにサツマイモが採れた。

「これはこれは。大収穫《だいしゅうかく》じゃないか、あゆみ。力《りき》ちゃんのおかげだなあ」

父も出てきて畑の横のヤギ小屋に、イモを運ぶのを手伝った。メヘヘ、メヘヘとオトメが、自分の足元に転がり積み上げられるイモを見て、首をふりながら鳴いた。

これ以来、「腹《はら》減ったあ」と、伸江《のぶえ》が小声で訴《うった》えることはなくなった。

イモの輪切り焼きはすぐできる。

6――胸《むね》に鳴りひびく音

大みそか。明日は戦争が終わって二回目の正月だ。

畑の向こうにある父の部屋は、すき間風が吹《ふ》きこまないよう雨戸を立てるので真っ暗だ。午後には、あゆみたちの奥《おく》の部屋の押《お》し入《い》れに父のふとんを持ってきて、しいた。粉雪が降《ふ》りしきり、ビュービュー山風が吹《ふ》き下《お》ろしてくる。山奥《やまおく》からは、けものの咆哮《ほうこう》のような音が聞こえていた。

「おお、ここは温《ぬく》いなあ」

押《お》し入《い》れの中にひょろ長くふとんをしいて寝《ね》てみた父が首を出して、うれしそうな声を上げる。部屋のすみには消毒液を入れた金《かな》ダライが置かれた。部屋に入るとき、出るとき、必ず手をつけるようにといわれる。

「ねえあなた、ニワトリしめる元気ある?」

母が突然《とつぜん》いいだした。

「えーっ、つぶすのか、ニワトリ。そりゃあ、あゆみが承知せんだろう。おれはやれるけどよ」

あゆみは聞こえないふりをしていた。たしかにこのごろ卵《たまご》を産まなくなったのがいる。

「ねえ、あゆみ。うちにおもちが一〇個もあるの、いただいたのよ、チエちゃんに。明日は鳥のだしでお雑煮《ぞうに》をつくって、みんなで食べましょう。博多《はかた》のお雑煮《ぞうに》は鳥のだしでね、そりゃあおいしいの。骨《ほね》でおだしをとってね、肉としいたけ、にんじん、ごぼうやネギなんかに、焼いたおもちを入れてね、材料の用意はしてあるのよ。いつもあゆみががんばってご飯《はん》の支度《したく》してくれるもんでね、明日はお母《かあ》さんが腕《うで》によりをかけて博多雑煮《はかたぞうに》をつくるわね。ニワトリにはすまないけれど、お願いします、あゆみちゃん」

「あたし、なんにも聞こえないから知らない」

「ほらほら、そういわれると、ニワトリにもあゆみにも悪くってねえ……」

「あら、あゆみはまだそんなに子どもだった？　ニワトリはどうせ食べられる運命なのよ」

野菜を切っていた房江姉《ふさえねえ》さんがあゆみの顔を見つめる。

「正月が近いのに殺生《せっしょう》するのはどうかと思うけど、家族がみんなそろってるし、去年はおもちもなかったでしょ。今年はおいしい正月にしましょうよ。なんてったってお正月だしね、お父《とう》さんに久しぶりにお肉で栄養つけてあげたいし。黒豆も一合、買ってきたの」

「あたし、学校に行ってくるから」

あゆみは粉雪の中、家を飛び出した。英彦山《ひこさん》はほかに遊ぶ場所がないので、みんな学校に遊びに行く。戦争が終わった去年も今年も、大みそかも正月も登校日については何もいわれていない。いままでも二回、ニワトリはしめたけれど、死ぬ間際《まぎわ》のバタバタさわぎは聞きたくない。

それになぜか、いつもエサをやっているニワトリがつぶされるのが、それほど悲しいとは思わなくなっていた。母が何となくいそいそと楽しそうにしているし、いつもはなれた部屋にいる肺病《はいびょう》の父も、寄宿舎に入っている女学生の房江《ふさえ》も、みんなそろっておいしいものを食べることのほうが大事なのだと思えるのだった。

学校には五、六人の男の子たちが集まり、そこだけは雪のない校庭入り口の大きな松の木の下で、コマを回しながら歌を歌っていた。

年のはじめのためしとて、終わりなき世のめでたさを
松竹立てて門ごとに、祝う今日こそ楽しけれ

あゆみはくすくす笑った。

みんなが寒そうに水ばなを垂《た》らし、袖口《そでぐち》でふいている。袖口《そでぐち》ががばがばになっている子もいた。

「その歌はね、お正月に歌うのよ。ほんとうは明日、学校でね」

「何でよ。明日は休みじゃん」

「うん、そう、去年も今年も休みなんだよね。戦争中は朝早く学校に行って式があってよ、みんなでいっしょに歌ってたよ。だってね、歌の最初は年のはじめのって歌うでしょうが……」

「ああ、そうやった」

「まあ、それはどうでもいいけど。あたしも入れてよ、これ借りるね」

あゆみは松の根方に置いてあったコマに、ぐるぐるとひもを巻《ま》いた。

はりきった男子たちの前で、えいっとふりかぶって勢いよく投げると、コマは石ころをはね飛ばして、よたよた回っていたほかのコマまではじき飛ばした。

「うわあっ、やられたぁ」

「あゆみちゃん、男投げできたじゃん、すげえ」

「ごめん、最後に入れてもらったくせにねえ。長ぐっちょは勢いが大事なんよ」

次からあゆみは一番にコマを回したが、やはり最後までしゃんと立って回ってくれていた。夕方の切るように冷たい風が吹《ふ》き出《だ》し、コマ回しは「五回戦、あゆみちゃん一番」の声とともに解散した。

うちに帰ると、バラされたニワトリの肉や足や手羽《てば》が大盛《おおも》りになっていた。

母があゆみの顔を見て何かいおうとしたが、

「うわあっ、ごっつぉうだぁ」

あゆみの明るい大声におどろいたように、何もいわなかった。

あゆみの気持ちはコマ回し一番で、いたってさっぱりしていたのだ。

翌日《よくじつ》、正月の朝はぼっかりと雪が降《ふ》り積《つ》もっていた。台所には何ともいえないおいしそうなにおいが立ちこめていた。

お母《かあ》さんはむらさき色のセーターにおしゃれなスカーフを巻《ま》き、花柄《はながら》のエプロンを着けている。房江姉《ふさえねえ》さんがせっせとお雑煮《ぞうに》づくりの手伝いをしていて、あゆみは鯉《こい》の模様《もよう》のついた大ぶりの雑煮《ぞうに》わんと、人数分の新しいお皿とはしを出《だ》すだけで、楽ちんだった。

みんながちゃぶ台を囲んで「新年おめでとうございます」という。妹がいちばんの大声だった。

お母《かあ》さんご自慢《じまん》の博多雑煮《はかたぞうに》は何ともいえずおいしかった。

「うまいなあ、こりゃあうまい。何年ぶりの雑煮《ぞうに》かなあ」

父はまず汁《しる》を一口一口ゆっくり味わいながら飲み下した。野菜やもちをおいしそうにうなずきながら、かんでいる。部屋の中の空気も明るくふんわりとして、おいしいように感じた。

「ブリが入ると、もっとおいしいんですけど」

母がいうと、いやあ、肉もうまい、これ以上のぜいたくはないぞ、と父は満足そうだった。

「お母《かあ》さん、きれいね、ちょっとお化粧《けしょう》していて。いつもしとけばいいのに。ねえ、お父《とう》さん」

房江《ふさえ》が気がついたらしい。

「ああ、きれいだ。生き生きしとる。おまえたちもな。これ以上、何もいうことはないな。もういつ逝《い》っても」

「まあ、何おっしゃるのよ。正月そうそう縁起《えんぎ》でもない」

母がたしなめるようにきびしい声を出した。空気がしずんだ。

午後になって、本棚《ほんだな》のある別間から出てきた父が、土間の炊事場《すいじば》にいるあゆみに声をかけた。

「美術全集が見あたらないが、知らんかね」

「あれは……たしか、役場の収入役《しゅうにゅうやく》の片山《かたやま》さんとこの高校生のむすこさんがネ。今年、東京の美術学校受けなさるって。それで、五冊《さつ》ほど借りていきますって、リュックに入れて帰んなさったの。一〇日くらい前だったかなあ」

「いや、それは知っとる。いま見たら一冊《さつ》もないぞ。どこかに移したんだろう」

「そーう。あたしは聞いてないけど、どうしたのかなあ」

――父はときどき、美術全集の中から二、三冊《さつ》、自分の部屋に持ってきて眺《なが》めていた。あゆみが六年生になってすぐのころは、桜の花を見ながら、あたたかい縁側《えんがわ》で紙に写したりもしていた。

絵の作者はマネという人だそうだ。へんな名前だ。あゆみはつい、マネするマネといって、父からじろりとにらまれた。

「あれはね、模写《もしゃ》よ。模写《もしゃ》っていってね、有名な絵を手本にして、そっくりに描《か》き写《うつ》すの。お父《とう》さん、うまいでしょう、元気が出てきたのかな」

母がうれしそうに教えてくれた。模写《もしゃ》は絵を描《か》く勉強なのだそうだ。父の模写《もしゃ》を見るとき、母はうっすらと口紅《くちべに》をつけていた。あゆみはなんとなくうれしかった。しかし、このごろは父は模写《もしゃ》はやらなくなっている。夏の終わりには、あゆみも母も日に焼けて、顔の色は茶色にちかくなっていたのに、父は色白だった。いまも、あゆみが見ても、首が細くなって、また少しやせたような気がする。

福岡《ふくおか》にいたころから、家にはずいぶんたくさんの本があった。書庫といえるような本だらけの部屋があった。英彦山《ひこさん》に疎開《そかい》してくるときにかなり処分したけれど、本は簡単《かんたん》に捨《す》てられないし、バラのものはもらってくれる人がいたらありがたいと母はいっていた。

それでも本置き場にしているこの家の別間には、文学全集など一〇巻《かん》以上の全集物がいくつもあった。書道全集や美術全集、国訳一切経《こくやくいっさいきょう》という何が書いてあるのかあゆみにはまったくわからないのも何十巻《かん》とあった。いつだったか、茶色のケースに入った谷崎潤一郎《たにざきじゅんいちろう》という人が訳《やく》した『源氏物語《げんじものがたり》』というのを、母がケースから出して見せてくれた。

くすんだ緑色に地模様《じもよう》の入った表紙で、やわらかく薄《うす》い。めずらしく本を持ち上げて、ページを日にすかすようにして見ているので、あゆみも横からのぞいてみた。

「あっ、模様《もよう》が入ってるね」

あゆみはおどろいて、そっとさわってみた。はじめてすかしの絵を見たのだった。何重にも重なって見える大昔のお姫様《ひめさま》のような着物を着た人の絵のようだった。

「戦争直前によくこんな本が出たものよね。源氏物語《げんじものがたり》って、世界でいちばん古い小説らしいわよ」

「へえーっ、これ小説、どんなお話？」

「恋愛《れんあい》よ」

「れんあい……」

「光源氏《ひかるげんじ》って人が、恋《こい》をするお話」

「あ、あのれんあい、男の人と女の人の恋愛《れんあい》、ええーっ」

あゆみは母が簡単《かんたん》に恋愛《れんあい》とか恋《こい》とか口にしたのにまずおどろいて、胸《むね》がどきんと波打ち、それから動悸《どうき》が早くなるのを感じた。

「ねえ、ふたのついたケースに二冊《さつ》ずつ、ぜんぶ入っているの？」

「そう。どの本にも解説がついててね。戦争の直前で紙が手に入らなくて出版がおくれて大変だったって、読者にあやまりの文章がつけてあるのもあるわよ」

「ねえ、これぜんぶが恋愛《れんあい》の話？」

「まあ、そうよ」

五年生になったころから、あゆみはよく本を読むようになっていた。少女小説や冒険《ぼうけん》小説が好きで、学級文庫は読み終わり、学校のろうかの奥《おく》にある三段《さんだん》の本棚《ほんだな》にあった『宝島《たからじま》』や『十五少年漂流記《じゅうごしょうねんひょうりゅうき》』など、それはもう夢中になり、くりかえし読んだ。しかし、しかしだ、恋愛《れんあい》は読んだことがない。源氏物語《げんじものがたり》のケースには、おかしなことにふたまでついている。

「恋愛《れんあい》かぁ……、うーん、恋愛《れんあい》ねぇ」

母は大切そうにケースに収めて部屋から出ていった。あゆみはいままで気にもとめなかった一三巻《かん》二六冊《さつ》の源氏物語《げんじものがたり》から、ひそひそとした、何やら熱いような、聞き逃《のが》せないようなことばが聞こえてくる気がして、いつか読むぞと、この全集を見つめつづけていたのだった。

ふと気がつくと、父と母が激《はげ》しくいい争っていた。めったに聞くことのない父の大きな声に、母の声も負けていなかった。あゆみはそっと居間に行き、座《すわ》った。

「二カ月に一冊《さつ》ずつの配本で、大事にしとった美術全集ぞ。一冊《さつ》残らず持っていってしまうってのはどういうことだ。勝手なやつだな。片山《かたやま》さんのむすこか」

「はい。わたしがお貸ししました。ダ・ビンチやゴッホの絵が見たいとおっしゃったので」

「みんな持っていくんなら一言、おれに断っていくべきじゃないのか。返してもらえるんだろうな」

「ええ、まあ……」

「まあとはなんだ。いつだ、いつ返す」

「たぶん、入学試験が終わってからだと……」

「間に合わんな、おそらく。もう見ることはできん」

「見ることはできんって、いったい何の話ですか」

「おれの命さ。敵さんの収容所《しゅうようしょ》で半年はもたんだろうといわれた。あっちの軍のレントゲンは新鋭《しんえい》じゃからな。医学の診断《しんだん》もすすんどるんだ。じゃから戦犯としての取り調べも簡単《かんたん》なもので帰されたんだ。結核患者《けっかくかんじゃ》の戦犯を長期間入れとく場所も当時はなかったらしいからな」

「半年なんてウソです、あなたが帰ってきてからもう一年近くになります。ウソいわないで、まちがいです、絶対まちがいよ、そんなこと。敵がいったことなんか、ウソ、ウソ、ウソ……」

「ウソではない。正真正銘《しょうしんしょうめい》、ほんとうだ。いわねばならんと思うとったが、おれの右肺《みぎはい》の空《くう》洞《どう》は鶏卵大《けいらんだい》といわれたんだ、あのとき。おまえはウソだと思うなら思っていればいい！」

父が飯台《はんだい》をつかんで、低いけれどもたたきつけるようにしゃべった。

「いいえ、いいえ。あなたは帰ってきたときより、いまのほうがずっと元気そうに見えるんだから。ね、あゆみ、そうよねっ」

「ウソなどいわん、いまさら。もういい。あれは、美術全集は売ったのか。いくらで売った」

「もう、ちがいますって！」

母が泣き声でさけんだ。

「あと二、三カ月、なぜ待てん。一冊《さつ》ずつの配本で三年以上かかってやっと手に入れたんだ。完結したときは日本中が喜んだもんだ。みんな大事にしとったものを。あの絵を眺《なが》めていると、いくらかはなぐさめられる。もうちょっとだ、もうちょっとでおまえの苦労も終わるんだ」

母が下を向いて肩《かた》をふるわせたと思ったら、両手で顔をおおった。

「ああ、あ、あー」

母は身をもむようにして泣きくずれた。

「やめてっ、やめてえっ」

あゆみが声を上げてお母《かあ》さんにしがみついた。

「あゆみ、すまん。じゃがな、おまえもほんとうのことを知っとかにゃならん。あゆみがニワトリやらヤギを飼《こ》うて栄養をつけてくれるから、おれはまだ生きとるんだ。悪いが、三カ月後には確実におれはいなくなる。自分でわかるんだ。午後の微熱《びねつ》も上がってきた。輸送船でいっしょに行った連中はあちこちの島で降《お》ろされて、若《わか》くして爆死《ばくし》か飢《う》え死《じ》にだ。ほとんど戦死してしまった。皮肉なことに、おれだけが肺病《はいびょう》やみでまだ生きとる。死んだ仲間にはみな子どもがおってな。子どもたちはがんばっとるそうだ。おくさんたちがまず立ち直って、手紙で知らせてくれる」

「いや、いや、いや、やめてっ」

あゆみは、わあわあ声を上げて泣いた。

「美術全集は返してもらえるんだな」

父の声をはね返すように、いきなり母がどなった。

「返してはもらいません！」

「なにい」

母がエプロンで涙《なみだ》をふき、首をまっすぐに立てて、父をにらむように見つめた。

「あたしにはあたしの考えがあります。あたしは母親ですよ、子どもを育てていかなくちゃなりません。手紙をよこしたおくさんたちと同じです。あなたのように死ぬことばかり考えているわけにはいかないんです。話がはっきりしてからいおうと思っていたんだけど……、わたしはちゃんとした仕事に就《つ》きたいと思っています。役場の手伝いなんかじゃなくて」

「ほう、おまえ、何をやるつもりだ。もうお金がなくなったのか。福岡《ふくおか》の屋敷《やしき》を売ったお金がまだあるだろうが」

「まだ半分以上残ってます。ですけどね、あなたはほとんど考えないでしょうが、おそろしいほど毎日減っていきます。今日は診療所《しんりょうしょ》に寄って薬代を払《はら》ってきました」

「心配はいらん。もうすぐ死ぬ」

「やめてっていうとるでしょうが。お父《とう》さんもお母《かあ》さんも、頭がどうかなっとるよっ」

あゆみが涙声《なみだごえ》でがなりたてた。こんなけんかをする両親が、悲しさを通りこしてにくらしくなってきていた。

あゆみの剣幕《けんまく》に二人は黙《だま》った。あゆみのしゃくりあげる声だけがしていた。

父が立ち上がった。部屋を出ようとしたようだ。

「ごめん、あゆみ。お父《とう》さんに話があるの。ここにちょっとでいいからいてください、あなた。何も正月そうそうけんかすることはないのに、ふつうに話せることなのに、感情的になってしまうなんて、ほんとに恥《は》ずかしいわ。泣きやんで、あゆみもお父《とう》さんといっしょに聞いて」

お母《かあ》さんが手ぬぐいを手わたしてくれた。

「うん」

あゆみはうなずくと、照れくさくなって、顔をごしごしとこすった。父は黙《だま》って母の対面に座《すわ》った。

「わたし、おくればせながら教師になろうと思ってます。学校の同級生は何人も先生をしていますし。このごろ、二、三カ月くらい前からあれこれ考えていますけど、こうするのがいちばんいいとの結論《けつろん》に達したわけです。だめでしょうか？　あなた、どう思う」

「……」

お母《かあ》さんが先生に？　えーっ？　あゆみは仰天《ぎょうてん》した。

「なるほど、大した結論《けつろん》だ。しかし簡単《かんたん》になれるわけはなかろう」

「いまでもわたしが役場で働くのをいやがってるあなたが、いちばんいやがることだとは思ったんですけど、収入役《しゅうにゅうやく》さんのおくさまのお兄さんは、県教育庁《きょういくちょう》の田川《たがわ》出張所長なのよ。わたし、正直いって、あの美術全集、使えるって思いました。収入役《しゅうにゅうやく》さんがむすこさんのためにあれをほしがっておられたので、お返しいただかなくても結構ですよっていってしまったの。美術全集が、あれが役に立つならと思ったんです。すみません、ほんとうに。本以外、うちにはもう何にもありませんから。でもね、わたしの頭、使えるものがいっぱい詰《つ》まっています。

それに気がついたのよ」

「おまえは福岡師範《ふくおかしはん》だったか」

「ええ。新制中学ができて資格のある先生が足りないって聞いてね。それでわたし、思いきって手紙を出したんです。福岡師範《ふくおかしはん》を出て奈良《なら》の女高師《じょこうし》にも行きましたって、推薦《すいせん》で一年ですけど。そしたら履歴書《りれきしょ》送るようにっていわれて。そのうち指定した日に面接にくるようにって」

「……」

「まだわからないけど、新制中学だったらどんな教科が教えられるかって、去年の暮《く》れに役場に電話がかかってきたんです」

「電話がかかってきたぁ、出張所長から直接にか」

「いいえ、県の教育庁中等教育課長《きょういくちょう》さんからです」

「何……お、おまえは何と答えたのか」

「突然《とつぜん》でしたし、ちょっと考えてからおそるおそるいったと思います。国語と歴史と家庭科、それにお習字。つまり書道ね、もっと堂々というべきでした」

「おまえが書道、教えられるのか?」

「ええ、たぶん……。師範《しはん》学校のときから、女高師《じょこうし》にいるあいだも、あたし、課外活動で青蓮院流《しょうれんいんりゅう》の字のけいこをずーっとしていました。お家元の先生が学校に教えにきておられて。いちばん自信があるのが書道です。役場からの通達事項《じこう》なんかは、いまはみんなわたしが書いています。収入役《しゅうにゅうやく》さんは、字が下手《へた》なので大助《おおだす》かりだとよくいわれます。大きく書いて玄関《げんかん》に張り出すのもありますから」

「ふーん、計画は着々とすすんでいるというわけだ」

「いいえ、着々なんかじゃありませんよ。考えてはいましたけれど、思いきって実行に移そうと思ったのは、今日です。この話がうまくいって新制中学の教師になれたら、あなたは福岡《ふくおか》の結核療養所《けっかくりょうようしょ》に入ってください」

「何をいうか。療養所《りょうようしょ》なんて、いくら金がかかると思うとる」

「いいえ、これだけはずっと前から考えていました。どのくらいのお金があれば厚生園《こうせいえん》に入れるのか、いま聞き合わせています。いいえ、いくらかかってもこれだけは必ず。福岡《ふくおか》の病院に入れば、きっと治ります。この夢だけは実現させます。まだ返事がありませんけれど。わたしはもっと夢見ていることがあります」

「こんな食うや食わずの中で、おまえは、夢とはいうても実現できそうもないことを、ようえられるなあ」

父の声がおだやかだったので、あゆみはほっとした。

「今度はおまえの『源氏物語《げんじものがたり》』で、何かと交換《こうかん》するのかね」

やけっぱちなのか、父は皮肉っぽい笑い顔をしていた。

「ええ、そうよ。来年は房江《ふさえ》が女学校を卒業します。そうしたら、上の学校にやりたいの」

「えーっ、なんだと。上の学校だって？」

「そう、あの子は成績いいんですよ。女子専門《せんもん》学校です」

「女専てか、おい。いまは女子大学とかいうんじゃないのか」

「そうかもね」

「おまえなあ、何考えとる？　昔から夢見がちな女の子と仲人《なこうど》さんに聞いとったが、いい年になってもちっとも変わっとらんな。あきれたもんよ。ま、夢でも見るしかないが。毎日泣きの涙《なみだ》で暮《く》らされるよりいいか」

「そうですとも。夢を見るのは自由です。夢を実現させようと考えて、みんながんばるんじゃありませんか。戦争は終わったんですよ、あなた、みんな自由に未来を考えていいんです。男も女もね。ねえ、あゆみ、あんたも夢をもちなさい。わたしが夢をもっていて実現しようとするのは、お金のため、子どものためだけじゃありません。自分の能力で精いっぱい生きたいの。わたし自身、働きたいんです」

「おまえは年はいくつだ」

「三五です。もう年だ、いまさら就職《しゅうしょく》なんてと、あきらめてしまえば、もうそこでおしまいです。一歩も前にすすまないじゃないの。そんな、戦争が終わったというのに貧乏《びんぼう》と悲しみだけが残るなんて耐《た》えられません。福岡師範《ふくおかしはん》を出て、教師の経験《けいけん》も一年ぽっちだけどあるんですよ、あなたはよく知ってるくせに」

「ありゃあ師範《しはん》学校の義務年限というやつだろう。わたしは、縁談《えんだん》があったとき、女《おんな》教師はどうかといわれて、苦手だと、そう返事をしたような気がする、仲人《なこうど》にな」

「まあ、あきれた。あなたのお父様《とう》は、これからはしっかりした女が大事だ。願ってもない縁《えん》だとおっしゃったそうですよ」

「それは仲人口《なこうどぐち》というやつだろう、こっちこそあきれたもんだ。ま、おまえの夢がぜんぶつぶれてしもうても絶望はせんでくれよ、泣いたりせんでくれ。子どもたちは最低の生活をしとっても、たよりになりそうな夢の多い母親をもって、とにかくいまは幸せというもんだろう。おれはもうすぐいなくなるんだから」

変な捨《す》てぜりふを残して、父が出ていった。

父と母のけんかは何となく終わってほっとしたけれど、父の病気はそんなに悪いのだろうか。ほんとうに死んでしまうのだろうか。そんなはずはない、絶対にない、とつぶやいたけれども、胸《むね》にまたひとつ重い石がしずんだ。

正月そうそう両親がけんかした日、外もうちの中も真冬の嵐《あらし》が吹《ふ》き荒《あ》れて、あゆみは胸《むね》がうずくような悲しさを味わった。しかしあのあとは、春がくるにはまだ日があるというのに、あの日の母のことば、「あゆみ、夢をもちなさい。わたしが夢を実現させたいのは、子どもやお金のためだけじゃない。自分の能力で精いっぱい生きていきたいの」は、日がたつほどにあゆみの胸《むね》の奥《おく》で、りんりんと鳴りひびいていた。そしてそれは熱源《ねつげん》のように体を温かくし、何かはわからないけれども、夢をもつことは、希望を実現させるということへと昇華《しょうか》しそうな気配があった。あれだ、父がいった外交官だ。いまならわかる。ディプロマートだ。戦争などが起こらないように、国と国が仲良くするために話し合う役目をもつ人だ。真冬の寒さの中で、あゆみは寒気がゆるんできたような気持ちになってくるのだった。

ある日、母は筆で何回も書き直した履歴書《りれきしょ》を送った。そして一週間後、朝早く家を出た。和服を着て、教育庁《きょういくちょう》の田川《たがわ》出張所に出かけていったのだ。きっと面接だろう。

あゆみが、その日の午後、いつものようにオトメの乳《ちち》を父のところに持っていったとき、父はふとんに上を向いて寝《ね》ていた。天井《てんじょう》を向いたまま、「お母《かあ》さんは行ったのか」と聞くので、「はい。着物を着て、お化粧《けしょう》をしていました。口紅《くちべに》もくっきりつけていて、美人だった」と答えた。

帰りには役場で仕事をしてきたといって、母はいつものように終《しゅう》バスで帰ってきた。父とは真反対に、なんだか元気そうで楽しそうな顔だった。

二月になった。

あゆみが学校からもどると、めずらしく父の部屋から話し声が聞こえている。

そっと近づくと、おどろいたことに大きな笑い声が上がったりしている。あゆみの知らないお客さんのようだった。

お茶を出《だ》さなくてはと台所に入り、お茶缶《かん》をふってみたが、空っぽである。家族はお茶の葉なんかなくても、おさ湯でいいのだが……。

「よし、こんなときこそこれだよね」

あゆみを見つけて、うろうろしはじめているオトメの綱《つな》を木から外し、物置《ものおき》に連れていった。

今日はね、お父《とう》さんにお客さんなのよ、と話しかけながら、首から頭までをなでてやる。

「オトメ、お客さんにねえ、自慢《じまん》のオトメの乳《ちち》をごちそうしてあげようと思うの。いっぱい出してね」

オトメは首をかしげてあゆみの顔を見てから、ぴょんとはねる。

えらいえらい、オトメはあたしのいうこと、わかったんだよね、とほめてから、なべを持って物置《ものおき》の乳《ちち》しぼり場《ば》に行き、ぬれたタオルで乳首《ちくび》をていねいにふく。

乳房《ちぶさ》は張っていて、乳房《ちぶさ》から乳首《ちくび》に向かって指を動かすと、いつものようにしゅーっしゅーっとほとばしって出てくる。見る見るなべの乳《ちち》が増えていく。

「オトメ、調子いいねえ、どんどん出てくるんだあ」

オトメはほんの少しだけ足を置きかえるが、慣れてほとんど動かない。あゆみ自身も、ずいぶん乳《ちち》しぼりがうまくなった気がする。いつものようになべに七分目ほどになって、乳《ちち》しぼりは終わる。不自然なかっこうでかがむので、うーんと両手を上げて後ろに反《そ》る。オトメが笑ったような顔で見ている。このごろはいつも目が合うのだった。

「ほら、いっぱい出たよう、サンキュウ、オトメ」

のどからお腹《なか》までを、がしがしとかいてやる。それから首の綱《つな》を外し、

「遠くに行っちゃだめよ。こわい犬がいるからね。畑の向こうのみぞの土手道で草を食べなさい」といい聞かせる。このあいだ、オトメをゆずってくれたうちのおじさんが見にきて、

「ほう、もう芽が出かかっとる。おじょうちゃんがせっかくつくった菜っぱを、ヤギが食べたら大変じゃからな」

といって、畑のまわりに竹でつくった簡単《かんたん》な柵《さく》を立ててくれたのだった。ほんとうにうれし

く、心からお礼をいった。

オトメは少しずつ慣れてきて、ときどき迷い子になる。いつかは、オトメが家の横のみぞを飛びこえてどんどん歩いていったらしく、大きな犬に吠《ほ》えられてふるえていた。そこの家の子がオトメに気づき、教えにきてくれて、あゆみが走っていくと、メヘメヘメヘヘエ……と立ちすくんでいて、首を抱《だ》いてやるとふるえが伝わってきたのだった。

炊事場《すいじば》の土間に回って、小さいかまどになべをかける。杉《すぎ》の枯《か》れ葉《は》と小枝を入れ、マッチをすると、火は一度について、見る間になべのまわりから泡立《あわだ》ちはじめる。じいっと見つめるうちに、乳《ちち》は少しずつ内側へと沸騰《ふっとう》してきて、やがて吹《ふ》き上《あ》がってくる。上がってきそうになったところで、すぐに火を止める。表面にうすい膜《まく》が張っている。これまで、ちょっと目をはなしたすきに、何度、なべから吹《ふ》きこぼらせたことか。涙《なみだ》も同時にこぼれてきたものだった。乳《ちち》のなべをかけているときには、何にもしてはいけない。見つめていないと乳《ちち》は減ってしまうのだと、何度も自分にいい聞かせた。

今日はお客さんだから、父と同じ大きさの湯飲みに同じくらいの乳《ちち》を入れた。いつもは妹や自分も飲む。

おぼんにのせて、そろりそろりと父の部屋に運ぶ。話し声はずっと続いていた。

「お父《とう》さん、オトメの乳《ちち》ができました」

部屋の前で声をかけてから戸を開ける。

中に入って、おぼんを置く。そしていつも母がお客さんにしているように両手をついて、

「おいでなさいませ」とていねいに頭を下げた。

「やっ、こりゃどうも。おじゃましとります」

お客さんは座《すわ》りなおすようにして、あいさつを返してくれた。色が白くてメガネの奥《おく》の目は細く、ほっぺたがふっくりとして、声も優《やさ》しそうだ。父よりずっと太っていた。

「あゆみ、こちらはね、ボルネオ時代の病院の院長さんだ。境谷《さかいや》先生といわれる。うちの二番目のむすめです」

「ああ、あたし知っています。病院の屋根に上ってビラを見たっていう……ケンさん」

「ほ、お父《とう》さんから聞いていましたか。そう、お父《とう》さんと二人でね。負《ま》け戦《いくさ》のビラが飛行機からまかれるのを見ました。お父《とう》さんは、いまは病気だけど、ほんとうはえらい方だったんですよ」

あゆみは何といっていいかわからず、

「あ、あのう……、これ、いましぼってきたものです。なべでたぎらかしていますから、どう

「それで思うたより体力があるわけだ。実はね、おじさんは、日本に帰り着いて船を降《お》りると「ニワトリも飼っとって、卵《たまご》も毎日一個は食べさせてもろうとる」

「こりゃあうまい。ちょっとにおいがあるが、こゆくてうまいなあ、ごっつぉうさんでした」

ごくりごくりと境谷《さかいや》先生はのどを鳴らして飲んだ。

「ほう、ヤギの乳《ちち》ははじめて飲みますなあ、いただきます」

「オトメの乳《ちち》がたくさん出ますから。あのう、どうぞ」

「毎日しぼって、お父《とう》さんに飲ませとるんじゃね。えらいなあ、ほんなこと」

「よう気がついたな、あゆみ」

三人はなんとなく顔を見合わせて、あはははと笑った。

「えっ、牛はちょっとぉ」

「そう、ヤギ。ああー、びっくりした、牛かと思うて」

「はい、そうです。ヤギを飼っているんです、オトメっていいます」

「いましぼってきたって、おじょうちゃんがしぼったとね？」

あゆみはおぼんから大きな湯飲みをとって、両手でお客さんにわたした。

ぞ飲んでください」

き、相当弱っとった沢田《さわだ》さんは、別の施設につれていかれたし、もう死んでしもうたかもしれんと思いながら、ここにきたのよ。どこもここも混乱《こんらん》状態じゃったからねえ。まだまだ、いまもあんまし変わらんがね。博多《はかた》も焼け野が原よ。家族の一人が結核《けっかく》にかかり、家族にうつって、一家全員が死んだちゅう例はごろごろあるからね。結核《けっかく》は伝染《でんせん》するからね、こわいとよ」

「はい。近所の人たちからも肺病《はいびょう》やみ、うつる、うつるといわれます」

「おじょうちゃん、まだ間に合う。お父《とう》さんを助ける方法を研究してきたとよ。一年かかって東京でね。えーと、おじょうちゃんの名前はなんじゃったかな、何年生?」

「あゆみです、六年生です。ほんとうですか。病気が治るお薬があるんですか?」

あゆみはからだを乗り出して、先生を見つめた。

「結核菌《けっかくきん》を殺す薬は、日本にはいまはまだないんじゃがね。やがてできると思うけどな。しかし、薬を待ってはおられんよ、おじょうちゃん。肺《はい》の穴《あな》はどんどん大きゅうなっていくからな、お父《とう》さんの体力もなくなってくる。そして結核菌《けっかくきん》は次々に人にうつる。治療《ちりょう》の方法は、肺《はい》の悪いところを切ってとる。いまのところはこれしかない。お父《とう》さんにくわしゅう話をしとりますがね」

「切ってとるって……」

「お父《とう》さんからくわしゅう聞いてください」

「はい……」

あゆみが下を向いたとき、お客さんの向こう側の黒いかばんの上に聴診器《ちょうしんき》がのせてあるのが見えた。

「境谷《さかいや》先生のご両親は長崎《ながさき》の原爆《げんばく》で亡《な》くなられたそうだ」

「えーっ原爆《げんばく》で、そ、そんな……」

「つらかったやろうな、ケンさんよ」

「お寺で供養《くよう》だけ済《す》ませて、東京にトンボ帰りしました。ボルネオでいっしょだった婦長が、うちの病院で働かないかとすすめてくれましてね。医者も看護婦《かんごふ》も足りないだらけですよ。そこですごい外科医《げかい》に出会《でお》うたとです」

「ほーう、どんなふうに……」

「沢田《さわだ》さんも聞いとらっしゃるでしょう。例の神の手を持つといわれた外科医《げかい》ですたい。その人の弟子《でし》ですよ。結核《けっかく》を外科《げか》手術で治す。患部《かんぶ》を切ってとれば治るんです。患者《かんじゃ》も家族も、いくら説明してもなかなか信用せず、栄養とか安静とかばかりいうて、一年あまりで死ぬる。そのあと家族もね、もうくやしいのなんの」

「それで、ケンさんもおおいに切ったわけか」

「わたしは一五例ほどやらせてもらいました。必死で仕事に打ちこんだちゅうか……この手術についてては何の心配もありまっせん。タカさんよ、散歩する体力がありゃあ、だいじょうぶですたい。四月からは九大病院《きゅうだい》にくることになりましたけん、向こうの片《かた》づけを済《す》ませて、籍《せき》は向こうにあるまんま、いの一番に飛んできたとよ」

「そうかあ、覚えとってくれてありがとう。ケンさんもひどい目におうたのになあ。結核《けっかく》は蔓《まん》延《えん》しとる。病院には行列のできるこっちゃろう」

「あゆみちゃん、わたしが三月にお父《とう》さんをむかえにくるまで、あんまりひっついたらいかんよ」

「家内が役場で仕事しとるもんで、家族の食事のことから畑の手入れまで、この子がやっとる。よう働く。肥《こ》やしをくみ上げ、肥《こえ》たごをかついで、まくぞ」

「司政官閣下《しせいかんかっか》の令嬢《れいじょう》が肥《こえ》たごかつぐわけですな。うん、よか根性《こんじょう》じゃ、堂々として立派《りっぱ》なもんたい」

「お父《とう》さんの病気が治るって、ほ、ほんとうですか、ほんとうに……」

あゆみはなぜか胸《むね》がいっぱいになって、懸命《けんめい》に我慢《がまん》したけれど、涙《なみだ》がおさえられない。大きな涙《なみだ》のつぶがボロボロとこぼれ落ちてくるのだった。

「あーあ、間に合《お》うたたい。間に合《お》うた。ほんなこと、よかったぁ」

ケンさんの大きな声があゆみを包《つつ》みこんだ。

7――めぐって、また春

二月の終わりになると、標高一二〇〇メートルの山奥《やまおく》から聞こえていた、氷で身を切るように冷たく、耳をすますとぞっとする風の吠《ほ》え声《ごえ》が、いつの間にか聞こえなくなっていた。夜、みぞれ交じりの風に家の中で聞こえるがたん、がたん、ぎーぎーと戸の鳴る音もあまりしない。あれらの音が少しずつ減っていくと、はーはーと指先に息をかけることもあまりないし、母のひびやあかぎれも少しずつ治まってくるようだ。ああ、痛《いた》い、いたたたっといいながら、こうやくを貼《は》ったり、夜なべのあとでワセリンをかかとや指先にぬりこまなくてもすむと、あゆみはほっとする。あゆみの頬《ほ》っぺたにも手の甲《こう》にもひびが切れてがさがさし、冷たい水で洗《あら》うとチクチクしみる。

時には雪がちらつくことはあっても、もう大雪が積もることはない。

あゆみは台所の裏口《うらぐち》から畑を眺《なが》める。

まだ青い草の色は見えない。ほとんどの雪は解けて、木の下に少し消え残っているだけだ。畑の土がまるっと見えて、畑が広くなったような感じがする。これからは二、三日も日が照ると、もう雑草の新芽が出てくるのだ。そうはさせないぞ、明日にも畑を打つぞと決めた。

去年は種《たね》がなかった。いや、本家のおばあちゃんに、二種類の野菜の種《たね》といってもらってまいたのだけど、待っても待っても芽が出なかったのだ。種《たね》の上に土をかけすぎたのかと聞くと、おばあちゃんは、

「種《たね》が古かっからねえ。天井裏《てんじょううら》に置いとったから、ネズミがかじったのかもしれん」

と、あゆみがかっとするようなことをいって、簡単《かんたん》に片《かた》づけた。

去年、英彦山《ひこさん》小学校の学校園ではじめて菜をつくった。一週間に一度、みんなで虫とりをしたけれど、やはり虫食いにやられた。それでもかなりの杓子菜《しゃくしな》が育った。うちの畑では毎日、虫とりをすればいい。今年はいい種《たね》をまいて、自分で野菜をつくろうと決めていた。

母が田川《たがわ》の町に行って、種物屋《たねものや》さんから種《たね》を買ってきてくれるというのだ。まき時期が大事と本家のおばあちゃんはいっていた。おくれないように種《たね》をまくぞと、あゆみは自分にいい聞かせる。

まず、栄養のあるニンジンが一番。妹はきらいというけれど、母はニンジンにかなう栄養の

ある野菜はあまりないという。このごろは時《とき》なしの五寸《ごすん》ニンジンがあるそうだ。父に食べさせるのはこれだ。ホウレンソウもぜひまこう。ホウレンソウの赤い根っこを洗《あら》うのは冷たくていやだけど、ひげまでよく洗《あら》って炊《た》くと、あまみがあってうまいのだ。

魚を売りにきたらイワシの塩ものを買って、お皿にニンジンの赤とホウレンソウのバターいための青をうまく盛《も》ると、きれいだろう。食欲《しょくよく》をそそる盛《も》りつけも大事だと母が教えてくれた。

なぜかかんづめのバターはいつも配給のコメについてくる。ときにはチーズも。両方とも食べなれない変な味だとはじめは思っていたけれど、いまでは家族みんな大好《だいす》きになっている。とくに父はチーズをはじめて食べたとき、おおっと声を上げた。一〇年以上前、ニューヨークで食べた物だそうだ。ビールも飲んだそうだ。

アメリカの食べ物なのだろう。お菓子《かし》といい、チーズといい、このごろ麦の粉《こ》はメリケン粉《こ》というようになって、食料の配給ではコメに次いで人気がある。

アメリカはよほど豊かな国らしい。日本はだめだ、あまりに貧しすぎる。家にお金がないと思うと元気が出ない。しかし、わたしは母がいったように、まだ子どもだ、いまから夢を実現させることができる。大学に行き、英語をうーんと勉強したら、外交官になれるかもしれない。

あのけんか以来、悲しいときもそう思い返すことができるようになった。中学生になったら、いや、中学は目の前だ。家のことと畑や山行きでいそがしいにちがいない。高校生になったら、猛烈《もうれつ》に勉強して、アルバイトもして、きっと大学に行こう。必ず将来《しょうらい》は開けるにちがいない。自分の人生は自分で決めて生きていく、母はそういった。あゆみもそう考えようと思う。

父は死なない、栄養のあるものをいっぱい食べさせて、死にたがっても、わたしが死なせはしない。

これまで、四年生のときも五年生になったときも、こんなに春が待ち遠しいと思ったことはなかった。

春はあたたかくて、桜が英彦山《ひこさん》神社参道の両側の上から下まで咲《さ》く。参道が桜の花のトンネルになり、人がたくさん参道を上り下りする。さみしい山道に人が増えるのがうれしかった。ただそれだけで。これまで、なんて幼《おさな》い自分だったのだろう。

何をぼーっとしていたのだろう、わたしは。もうすぐ中学生になるというのに。いままでは遊んでばかりいた、知恵《ちえ》を出し、体を動かす働きが足りなかった。こんな考えが胸《むね》にときどき押《お》し寄《よ》せるようにやってくるのだった。

春だよ、春。畑に肥《こ》やしを入れて打ち返し、どんな野菜だってつくれるのだ。畑で食べるものを自分の手で生み出せるのに、これまで何というもの知らずだったのだろう。桜どころではないのに。よーし、今年は見てろよ。

少しずつ貯《た》めていたかまどの灰《はい》や、畑のはしに山になっているニワトリ小屋をそうじしたときのフンやわらなど、いまのあゆみにとって何より大切に思えてくる。

そして四月になったら、あのお医者さんは、父の友達のケンさん先生はほんとうにくるだろうか。博多《はかた》からこんな山の中にまで、肺結核《はいけっかく》という病気の父を連れに。

母は履歴書《りれきしょ》を送り、面接に行っている。ひと月ほど待ってくださいといわれたそうだけど、あの結果はどうなるのだろう。母は何にもいわない。毎日、役場に出かけ、半ドンの土曜日は塩魚を買って早く帰ってきてくれる。「不塩ならおいしいのにねえ」という。生ものならという意味なのだろう。

終戦から二年めになる今年は、春とともに何かが起こりそうな予感があった。

三月はまず卒業式がある。「仰《あお》げば尊《とうと》しわが師の恩……」という歌のけいこが始まった。しかし、あゆみはほとんど意に介《かい》さなかった。単なる学校の行事にすぎない気がしている。

中学には、六年生全員が行くのだから、あまり代《か》わり映《ば》えはしないにちがいない。ただし、英語の勉強があるのがうれしい。添田《そえだ》中学落合《おちあい》分校は、あゆみが配給物をとりに行く彦山《ひこさん》駅の近くの、配給所の下の大通りの向こうにある。学校の帰りに配給物をもらってくればちょうどいいと考えたのが先で、勉強道具のほかに配給物をかついで、銅《かね》の鳥居《とりい》まで一時間あまり歩かねばならないのが、ちょっと気になっている。

あゆみは、あれこれ考えているうちにちょっと日差しが出たので、畑を打とうと物置《ものおき》から使い慣れたトウグワを出してきた。手はじめに足元の土に打ちかけてみる。雪解けの水でぐちょぐちょとしていて、クワに土がくっつく。やはり少し早いようだ。はいていたゲタの歯で、あわててこすりとった。

「ごめんくださーい」と表で声がして、はーいっと返事をしたが、だれかが裏《うら》に回ってくる。

「あら、力男《りきお》さん。なんか久しぶりみたい」

「うん、おれ三年になるし、部活とかなんやらあって、帰りがおそうなるっちゃん」

「ふーん、あ、あたしももうすぐ中学生になるんで、よろしくね」

「うん。あのな、朝子《あさこ》がいいよったけど、あゆみちゃん、野菜の種《たね》まくんやて?」

「そう、今度、お母《かあ》さんが種物屋《たねものや》に行って買ってきてくれるのよ。今日も畑打つつもりだったけどね、まだじちゃじちゃ」

「まあだまだ、何日かして日が照ってからたい」

「そうねえ。三月はなんかいそがしい気がして、気がせくのよ」

「種《たね》をまくんなら、これまいてみたらどげんかい」

力男《りきお》さんがズボンのポケットから小さな紙の包《つつ》みを取り出した。粉薬を包《つつ》むくらいの大きさだ。手わたされたものをあゆみはそーっと開けてみた。小指の先くらいの茶色がかった平べったい種《たね》が一五、六つぶ、入っている。

「何の種《たね》かしらん」

「はつか大根げな。うちの母《かあ》ちゃんもまくんでね、あゆみちゃんも畑のはしにまきよ。はつか大根ちゅうたらくさ、ほんなこと、二〇日間でできるとげな」

「えーっ、大根が二〇日間で？　そんなことはちょっと……」

「あんね、根っこはこげな小さなもも色のまん丸でくさ、愛らしかと。見た目はお菓子《かし》のごたるばって、大根げなよ。生で塩つけて、カリカリ一口で食べらるっちゃん」

力男《りきお》さんは親指と人差し指で丸をつくった。そしてこの種《たね》は、花が咲《さ》いたあとに白いさやの中に入ってできるのだという。

「ふーん、一口で。大根なら酢《す》じょうゆで食べるといいかもね、そんなに根は丸いの？」

「うん。うちは去年、三回もつくって、母《かあ》ちゃんが種《たね》をとっといたのよ。あゆみちゃんもさやの種《たね》とっとけば、何回もできるし、毎年つくれるたい。あんまりおいしかもんじゃないけんどね。先にうちにまた種《たね》がとれたらやるよ。つくってみ」

「つくる、つくる。ありがとう、力男《りきお》さん……でも、ほんとに二〇日間で根っこが入るのかしらん、もも色だって？」

力男《りきお》さんはときどききては、なんだかだと話していくのに、今日は部活のけいこを運動場でするとかで、さっさと帰っていったが、納屋《なや》のはしからちょっと顔を出し、天気が続いたらな、畑打《はたう》ち手伝《てつど》うちゃるよ、といった。

三月になった。三月三日が卒業式だ。

朝は早く起きて食事を済《す》ませると、房江姉《ふさえねえ》さんのお下がりの、女学校のときのへちま襟《えり》の制服を着た。下の白いブラウスの襟《えり》の真ん中に、赤いリボンをちょうちょ結びにしてお母《かあ》さんがつけてくれて、

「あれえ、あゆみ、いつの間にか日焼けがとれて、色が白くなったね」

といいながら、自分の粉化粧《こなげしょう》のパフをぽんと両頰《りょうほお》にはたいてくれた。そして、ちょっと見つめてから、うっふふふと笑った。あゆみの頰《ほお》のひび割《わ》れが少し薄《うす》くなった感じがする。

「あゆみ、中学生になるんだ。おとなになったらねえ、このこいめのげじげじまゆ毛を細く整

えて、口紅《くちべに》つけたら、かなりいけると思うよ。うれしいこと。いつの間にかいいお顔になってる」

「そっ、どうもありがと。リボンがかわいいです」

「あらまあ、おすましして」

お母《かあ》さんがにらんだ。そしていっしょにあははぁと笑った。

いいお顔といわれて、お母《かあ》さんの小さな鏡台を見つめてみた。どうということもない、まゆ毛のはっきりこい、一重《ひとえ》まぶたの少しつり目のふつうの顔があるだけだ。お母《かあ》さんや房江《ふさえ》姉《ねえ》さんのほうが肌《はだ》がきれいで色白で、ずっと美人だ。

卒業式では、卒業証書のほかに、列席していた白い装束《しょうぞく》の英彦《ひこ》山《さん》神社の神主《かんぬし》さんから、うやうやしく英彦《ひこ》山《さん》神社賞というのをもらった。あゆみ一人だけだったので思いがけなくて、あゆみは大きな声で「ありがとうございます」といって、ていねいに頭を下げた。あ、ガンバレ賞だと思った。神主《かんぬし》さんがちょっと笑顔《えがお》になり、みんなが拍手《はくしゅ》してくれた。賞状と赤い表紙のアルバムで、大きな船出の絵が象徴的《しょうちょうてき》に描《えが》かれている。自分のアルバムなんてはじめてだ。大切に使わせてもらおうと心から思う。

その翌日《よくじつ》、父に厚い封書《ふうしょ》が届《とど》いた。差出人は九州大学病院と書いてある。

「あっ、やっぱりきた！」

あゆみの胸《むね》がドキーンと音を立てる。

母が終《しゅう》バスで帰ってきてすぐに、「お母《かあ》さん、大学病院からお父《とう》さんに手紙がきたよ」と知らせた。

「そーう」とちょっと考える様子だったけれど、いつもと変わらず、夕食の準備にかかった。

ご飯《はん》はいつもあゆみが炊《た》く。このごろは月に二回、コメの配給があって、少しずつ食《た》べ延《の》ばし、切れると農家に買い出しに行けば、分けてもらえるようになった。

ご飯《はん》はあゆみが早めにしこんでおくのだ。羽釜《はがま》にコメと麦を半々に入れて水加減し、かまどに夕方まで置く。六時の終《しゅう》バスが着くころに火をつけて、サツマイモを小さく切ってとちゅうで入れる。イモを入れるとご飯《はん》が増えるだけでなく、ぽろぽろしなくなるので食べやすいのだ。サツマイモご飯《はん》があまり続くと、みんなが飽《あ》きていやになるけれど。

今夜はご飯《はん》のあと、お父《とう》さんが九大《きゅうだい》病院からの手紙を持って、みんながいる飯台《はんだい》のそばに座《すわ》った。そして三枚《さんまい》の、びっしりと字と人体の書いてある便《びん》せんを広げた。房江《ふさえ》姉《ねえ》さんはまだ女学校の寄宿舎からもどってはいない。

お母《かあ》さんもあゆみも、広げた手紙を熱心にのぞき込《こ》んだ。

「境谷君《さかいや》からの手紙でな、四月一五日にわたしの手術を予定しているそうだ、九大病院《きゅうだい》の外《げ》科《か》で」

「そうですか。あなたはどうしても手術を受けるつもりなのね。だいたいどんなふうな手術なの？　結核《けっかく》を手術で治すなんて聞いたことないわよ」

「手紙にくわしく書いてあるよ、図入りで」

広げた三枚《さんまい》の西洋紙に母とあゆみは見入った。

細かい字がびっしりと書いてあり、一枚《いちまい》には人がうつ伏《ぶ》せに寝《ね》ているらしい図と、胸《むね》の中の肺《はい》が描かれていた。

「書いてあることを簡単《かんたん》に説明するとな、ほら、肺《はい》は二つあるだろう。ひとつをとってもふつうに呼吸《こきゅう》ができるし、生きておられるんだ。まず手術は背中《せなか》のほうからすると書いてある。背中《せなか》の右上寄りの皮膚《ひふ》を一五センチくらい切ってはがす。下にある骨《ほね》を五本ほど、このくらいかなあ、切り取る」

といって父が、指で一〇センチはばくらいの間隔《かんかく》をつくって見せた。

「ま、待ってください。骨《ほね》まで切るの？　簡単《かんたん》には切れないでしょう、骨《はね》は」

「のこぎりかなんかでごりごり切るんだろう。骨《ほね》を切らなけりゃあ、肺《はい》の手術はできんぞ。内《ない》臓《ぞう》は前と後ろの骨《ほね》で守られとるからな。そして骨《ほね》のあいだから手を入れて、病気になっている悪いほうの右肺《みぎはい》の、空洞《くうどう》のあるところの、つまり病気の部分を切り取るんだそうだ」

「いや、やめてください。そんな大手術、無理っ。骨《ほね》など切ってるあいだにあなたの体力がなくなるわ。こんなにやせてるのに、どんどん出血していくでしょうが！」

お母《かあ》さんがまゆのあいだにしわを寄せて、いきなりさけぶようにいう。

「いいや、そうでもないらしい。血液の代わりをする液体を用意してあるそうだ。おまえな、もっと冷静に聞いていてくれないと……」

「冷静になんて聞けませんよ。みんなで大事に大事にして、そーっと持ちこたえながら、少しずつでも元気になってくれればって……」

「そうよ、お父《とう》さん、いま手術しなくても」

「このままでは回復しないんだ、肺病《はいびょう》は治らんよ。ケンさんは東京の病院で一五例も成功しとるんだそうだ。ほら、ここにわたしを信じてまかせてほしいと書いてあるだろうが。手術そのものはそれほど込《こ》み入《い》ったものではないらしいぞ。切り取った肺《はい》の残りの空いた部分には、樹脂《じゅし》のかたまりやピンポン玉のような形のものを合うように詰《つ》めるらしい」

父は身体図の横の小さな字を指さした。

「だって、骨《ほね》を切り取ったあいだから手を入れて、肺《はい》の手術をするんでしょう？　そんなに簡《かん》単《たん》に納得《なっとく》できないわよ。家族にとっても大変なことよ」

「根性《こんじょう》もしっかりして、家族を支えているおまえにしては、わからんことをいうなあ。このまま家にいても確実に半年後には死ぬ。わたしがいちばんおそれているのは、悪くすればそのあいだに、健康である子どもたちやおまえに病気をうつすことだ。一刻《いっこく》も早くわたしはこの家から出るべきなんだと、ずーっと思いつづけとるんだ」

「いいえ、いいえ。いま、いきなりそんなことできません。そんなこと……」

「家におってよ、ね、お父《とう》さんっ」

「いきなりではない。このあいだ、わたしからケンさんにたのんだんだ。この家を出て、わたしは手術を受ける。境谷《さかいや》君は信頼《しんらい》できる優秀《ゆうしゅう》な医者だ。ボルネオでは、苦しみを共にした大切な戦友でもある。ケンさんにやってもらうなんて、こんな幸せなことはないさ。もし不幸にしてうまくいかなかったら、それはそれで神様の思《おぼ》し召《め》しだと思う」

「神様なんか信じてないから！」

「それにしても、食うものもろくにない中で、みんな元気に寄《よ》り添《そ》って、貧しさを打ち負かしているというか、貧乏《びんぼう》を喜びや楽しみに変えて、おまえたちは品格をもって暮《く》らしとる気がする。おまえたちの話し声や笑い声がひびいてくると、どうやって死のうかとそればかり思っていた胸《むね》の中に、いつのまにか明かりが灯《とも》るようになってきた。もっと聞こうと耳をすませる。精いっぱい生きて笑い声を上げる家族のみんなを、わたしは誇《ほこ》りに思う。もしかして手術のとちゅうで死ぬようなことがあったとしても、悲しむことはない。いまのわたしの精いっぱいの愛情だと思ってほしい」

しばらくはだれも何もいわなかった。

お母《かあ》さんの頰《ほお》に次から次に涙《なみだ》が伝わり落ちていった。

「そうそう、手術の話のとちゅうだったな。結核《けっかく》に侵《おか》された部分を切り取ったあとの、肺《はい》の空いているところのすき間にはな、樹脂《じゅし》のかたまりを詰《つ》めるそうだ。それで元のように縫《ぬ》い合《あ》わせをして、手術はおしまいだ。手術としては案外簡単《かんたん》だと、境谷《さかいや》君はいっとったよ」

「おしまいって、あなたね、体のほうが耐《た》えられるんですか。そんな大きな手術に、それこそ命のほうがおしまいになるような気がするわ……」

「そうよ、お父《とう》さん。やせているし体力がないって、このあいだ、彦山荘《ひこさんそう》に行ったときに自分でもいうとったじゃない、危《あぶ》ない手術はもっと元気になってからしようよ、ね」

「いや、いましかない、わたしは手術を受けようと思う。先に延《の》ばすほど病気はひどくなる。

ケンさんは一五例も東京で成功させたそうだ。このまま死ぬのを待つよりいいと、もう決断したんだ」

父はさっと立ち上がって、用は済《す》んだとばかりに居間を出ようとした。

父が立ち上がると、母は涙《なみだ》でいっぱいの顔を上げ、あなたねえ……と、口の中で聞き取りにくい声で呼《よ》んだが、父はふり返らなかった。

母も妹もみんな押《お》し黙《だま》ったまま、飯台《はんだい》のまわりに座《すわ》っていた。しばらくして、もうみんなお休みと母がいい、あゆみはタオルを母のひざに置いてから、はなれの父の寝間《ねま》に向かった。

外は月明かりで畑のうねがよく見えた。ハッとするようないきなりの外の冷気に包まれて、うねのあいだを通って、まっすぐ父の部屋の入り口に向かった。黙《だま》って戸を開けて入り、枕《まくら》元《もと》に座《すわ》った。

「ねえ、お父《とう》さん、手術はもっとあとに、一カ月か二カ月先にしてもらえないの?」

父がふとんを顔までひっぱりあげた。あゆみはそのふとんのはしをめくった。

「手術はやめようよ、ねえ、ねっ」

父は無言だった。あゆみは、めくったふとんから中に入《はい》り込《こ》んだ。体をぴったりと父につけると、何ともいえないぬくもりがほの温かく伝わってきた。あゆみは、右手を父の首の下に差し入れると、ぎゅーっと両手で首にしがみついた。幼《おさな》いころ、冷たい足の先をひざではさんで温めてくれたお父《とう》さんを、たまらなくなつかしく思《おも》い出《だ》す。

「出ろっ、早く！」

大声が耳をふさぐようにひびいた。いやっ、とあゆみはますますしがみついた。

首に回した手を父はあっという間にふり払《はら》い、いやいやといって、あゆみがわきの下にしがみつくと、手で押《お》し出《だ》そうとしたが、あゆみの力に負けた。それから足でドーンとあゆみの体を、ふとんの外に突《つ》き出《だ》した。けり出《だ》されたのだ。なんということを……。あまりのことにあゆみはぼう然とし、父のふとんの横にしばらく転がっていた。

どのくらいそうしていただろうか。

かなりの時間がたったのだろう、足や背中《せなか》が冷たくなり、のろのろと体を起こした。起こしたとたん、血が逆流しだしたような怒《いか》りを感じた。

父はふとんをかぶったまま、身動きもしない。「そんなに死にたいなら死ねばいいよ！」。あゆみは胸《むね》の中で思いっきり父に毒づき、足元のふとんをけって部屋を出た。

父の部屋を出ると、無視《むし》され手荒《てあら》くけ飛ばされ、父からまったく受け入れられなかったみじめさに打ちのめされて、耐《た》えられずすすり泣いた。となりのオトメのせまい小屋で、オトメをなでながら泣きつづけた。

その翌々日《よくよくじつ》の日曜日、境谷《さかいや》先生は二人の医者の卵《たまご》という青年を連れて、約束どおり父をむかえにきた。銅《かね》の鳥居《とりい》の下に大学病院の車を停《と》めているという。

「大学病院にもやっと新しいよか検査機械が入りましてな、体の中がよう見ゆるとですよ。ビーシージーやらツベルクリン反応やら、どっこでもやっとりますが、陽性になったからちいうて、大きな病院に行かにゃ、レントゲンもとってもらえん。まどろっこしかことでね。沢田《さわだ》さんにはまずこの機械でいろいろな検査を受けてもらいますたい。手術は役場の電話で話したように、五日ほど延《の》びると思います」

「そうですか、立派《りっぱ》な機械ですか。よかった。よろしくお願いいたします」

「あのね、おくさん、薬もどうやら結核《けっかく》の特効薬らしいとがアメリカ、ドイツあたりにゃできよるらしかですよ。五、六年後になりまっしょうが、きっと日本にも入ってきますたい。早《はよ》う日本にも入れてもらわんと、肺病《はいびょう》で日本人は死に絶えてしまいますが。おくさんはえらかです。働きながらも、子どもさんたちにうつさんように、ようがんばんなさったですな。手術の日時がはっきり決まったら、役場のほうにまた電話で知らせますけん」

「はい、お願いいたします。でも、結核《けっかく》はほんとうにこわい病気ですねえ……」

病院からきた三人は部屋に上がりもせず、待っていた父が玄関《げんかん》に出ると、若《わか》い一人が父の下着やねまきなどを入れたトランクを持ち、もう一人は自分の肩《かた》を父のわきの下に入れ、かつぐように支えながら、石だたみの参道をそろそろと下りていく。あとから母が風呂敷包《ふろしきづつ》みを持って従《したが》った。銅《かね》の鳥居《とりい》まで送っていくようだ。玄関《げんかん》の下り口で、

「あんまり心配せんでくださいよ。わたしはこの手術には自信をもっとりますから」

「はい、境谷《さかいや》先生。先生のその自信を信じております」

「よっしゃあ、まかせんしゃい！　役場に電話かけますけん」

ケンさん先生は家の前で見送るあゆみたちに、

「お父《とう》さんはだいじょうぶ、ちゃんと預かりますからね。あゆみちゃん、オトメによろしくね」

と、優《やさ》しい笑顔《えがお》で手をふって下っていった。じゃあな、と父がいい、あゆみは一昨夜のことにこだわりが残っていたが、大人のふりをして、お父《とう》さんをお願いしまーすと、手をふって見送った。

これから父がいないということはどんなことなのだろうか、まだわからない。

しかし、病人がいないってのは……肩《かた》の荷を下ろしたような……。母が見送りからもどると、

あゆみといっしょに居間の飯台《はんだい》に座《すわ》り込《こ》んだ。

「あゆみ、もう、心配するのやめよう。行っちゃったんだからね」

「あたし、必死で止めたんだけど。でも、これはお父《とう》さんが選んだ人生だから」

「うんそう、よくわかるのね、あゆみ。でも、なんか気がぬけちゃった感じねえ」

「うん、どてっとゆるんだ」

顔を見合わせて、二人はあゆみがしぼってきたオトメの乳《ちち》を、大きな湯飲みで少しずつ飲んだ。

夕方、朝子《あさこ》ちゃんがあめ玉を持って遊びにきた。父が入院したことを話すと、

「えーっ、そげん悪かと？」と、あゆみにかじりつく。

「ちがうちがう、手術をして悪いところをとるんだって。そっちのほうが早く治るって」

「わあ、手術。大ごっちゃあ」

「うん。お父《とう》さんの友達のお医者さんがね、大学病院からむかえにきてくれたんよ」

「お医者さんがきたん、ここに大学病院の？　そんならだいじょうぶじゃん。そのお医者さんが病院で病気治してくれるよ、あゆみちゃん、きっと」

「ありがと、そうだといいけど」

「だいじょうぶやろう。ここにおるより病院におったほうが安心やんね、ねっ」

あっそうかもと、あゆみはハッとして思い直す。そうだよ、こんなぼろ家にいるより、こんなところでオトメの乳《ちち》飲んで死ぬのを待つより、どんなにいいだろうか。病院なら、まわりはお医者さんと看護婦《かんごふ》さんだらけのはずだ。

あゆみは急にまた涙《なみだ》が出そうになって、大きな声でいう。

「あたしね、あしたは朝から畑打《はたう》ちして、力男《りきお》さんがくれたタネまくのよ」

翌日《よくじつ》からあゆみは畑を打ちはじめた。いい天気が続いて、土も表面はすぐにかわいて白っぽくなる。畑を打ち返して、もう小さく伸《の》びてきた草をとり、どんな種《たね》をまこうかなと考えることが一番で、何か仕事をしていると、そのときは父のことは忘《わす》れている。

四分の一ほど畑を打って、はしっこに力男《りきお》さんにもらったはつか大根の種《たね》をまずまいた。土は少しだけかぶせる。あとは種《たね》がきてからだ。午後は朝子《あさこ》ちゃんとそばのみぞのセリつみをした。セリの茎《くき》は短いが、根っこはよく張っていて、葉もかなり出ている。今夜はお母《かあ》さんの好物、セリのおひたしをつくろう。

今日からは、オトメの乳《ちち》をしぼったら、毎日お母《かあ》さんと妹に飲ませよう。

それから、明日はお天気がよかったら洗濯《せんたく》しよう。水が冷たくて、これがいちばんいやだったが、お母《かあ》さんが喜ぶし、きれいにかわいた下着や服はみんなでたたんで片《かた》づける。

近いうちに、日曜日にはまた山にたきものとりにも行かなくては。囲炉裏《いろり》は夜にちょっと燃やすだけだけれど、かまどでたく分が心細い。力男《りきお》さんや朝子《あさこ》ちゃんをさそってみようか。山にはフキノトウがあるかもしれない。宿題も何もない春休みだというのに、あゆみはいそがしい。

四月になってすぐ、またお母《かあ》さんに福岡《ふくおか》の教育庁《きょういくちょう》から手紙がきた。

「いよいよきたわよ。うーん、合格かそれとも落っこちたか、運命やいかに！」

すぐ手にとらず、お母《かあ》さんは飯台《はんだい》の上に封筒《ふうとう》をのせたまま、筆書きの字をじーっと見つめている。

「字はお母《かあ》さんのほうがうまいね」

「こらあ、生意気」

母は思いきったように一気に封筒《ふうとう》を破いた。

「合格通知だぁ。ああ、よかった、あゆみ！」

「うん、うん、すごい！　おめでとう、先生になるのよね、お母《かあ》さん」

「そう。三カ月間の新しい教師としての講習を受けて。えーと、その後の通達辞令は、九月一日付で、あら、まああ、添田《そえだ》中学の訓導《くんどう》を命ずるってのが、県の教育庁《きょういくちょう》から出るって」

あゆみと母は一瞬《いっしゅん》顔を見合わせ、あゆみは涙《なみだ》がこぼれてきて、母の胸《むね》に顔をうずめた。

「あれれ、お母《かあ》さんの代わりにあゆみが泣くの。ありがと、心配かけてたねえ。これでわが家はもうだいじょうぶだから」

「うん。あたし、このごろよく泣く、いやだ、ほんとに。でも、今日はうれし涙《なみだ》」

「そうねえ、うれし涙《なみだ》はいいわよね。あゆみも心の深いところで、あれこれ感じるようになったってことでしょ。でも、簡単《かんたん》に人前で涙《なみだ》を流す女はだめなのよ」

母はいっしょに送ってきた講習の日程表を見てから、あゆみの肩《かた》を胸《むね》からはなした。

「沢田滝乃《さわだたきの》先生、おめでとうございます」

あゆみは、母に向かってあらためて大きな声でさけんでしまった。そばにいた妹が、おめでとうといって、手をぱちぱちとたたいた。かわいいんだから、もうっと、あゆみは妹を抱《かか》え上《あ》げた。それから、母が出かけるたびに思っていたことを口にした。

「ねえ、お母《かあ》さん、今度から着物はやめて洋服にしたら？　新しい洋服と靴《くつ》買って」

「えっ、そうだ、そうよねっ。着物じゃあ……講習は五月一日から三カ月間だからっと」

「お金ないよね。ほら、お母《かあ》さん、山まゆでつくった着物、田川《たがわ》の呉服屋《ごふくや》さんがすごくほめたっていうあれ売ってさ。新しい洋服買おうよ、二《に》、三枚《さんまい》」

「まーあ豪勢《ごうせい》だこと。でも、お金の心配はいらないわ、あゆみ。お金はまだあるの、だいじょうぶ。お金は天下の回りものっていうわよ」

「ふーん、回りものかあ、そうだよ、そのうちうちにも回ってくるよ。とにかく、お母《かあ》さんの人生が開けてきたお祝いにいい洋服買って、それを着て講習を受けに行く。お母《かあ》さんは色白だし、すらっとしているから、きっと洋服似合うよ。お化粧《けしょう》して、おしゃれもして」

「はい、わかりました。ありがとう、ほんとに、洋服着ていきます」

今度はお母《かあ》さんが目じりを押《お》さえた。

「お母《かあ》さん、泣いちゃダメ」

あゆみはお母《かあ》さんの肩《かた》に両手を回して、ぎゅーっと力を入れた。

「ま、あゆみ、すごい力持ち。大きくなったのねえ」

「はい、おかげさまで。もうすぐ中学生ですから」

四月一二日、あゆみは添田《そえだ》中学落合《おちあい》分校の一年生になった。

入学式には、和服に黒い羽織《はおり》の母親がたくさんいたが、あゆみは一人で行った。困《こま》ることは何もなかった。

それ以来、朝は六時に起きて七時には家を出る。それでも八時半にやっと学校にたどり着く。学校の帰りに、曲がりくねった山道で少し道草するくらいで、遊ぶひまはなくなった。その代わり、中学の上学年の人たちといっしょに帰ることがあり、ますます背《せ》が伸《の》び中学三年になった力男《りきお》さんともよくいっしょになった。

力男《りきお》さんは体育万能《ばんのう》だ。クラブ活動が始まり、陸上部で走るのが抜群に速い。よその学校にも競走に行くそうだ。鉄棒《てつぼう》も得意で、高鉄棒《こうてつぼう》でグルリ、グルリと大車輪をやれるようになっている。みんな目を丸くして見とれていた。

「おれな、クラブ活動の先生からな、うんと勉強して田川《たがわ》高校に行けっちいわれたんよ。あそこにゃ体育大学出の先生が来年からきなさるそうやって。指導してもらえるち」

「ふーん、すごいじゃん、力男《りきお》さん。じゃ、あたしも田川《たがわ》高校に行く」

房江姉《ふさえねえ》さんは、女学校卒業したらこれ以上勉強するのはまっぴらごめん、勉強はきらいと母にいった。

「あんなことといってる。戦時中は農家のお手伝いに行ったり、託児所《たくじしょ》に勤労《きんろう》動員されたりして、あんまり勉強してないでしょうに。これからよ、ほんとうに学ぶのは」

「母上様、ご勘弁《かんべん》願います。勉強は好《す》きません。どうせ勉強するのなら、あたしは洋裁《ようさい》をやりたいの。これからは制服なんて着なくていいんだから、自分の服は自分でつくる。いい柄《がら》の端《は》切《ぎ》れを安く買って、いいデザインを考えたりしてね。後藤寺《ごとうじ》の駅前通りにドレスメーカー女学院ができたのよ、行きたい、行きたい、絶対行く！」

といい張った。いつからかはそういうことになるらしい。房江姉《ふさえねえ》さんはなんでもいう主義だ。

「上手《じょうず》になったら、まずお母《かあ》さんに洋服つくってあげてよ」

あゆみはしっかり注文した。

それから何日かして、夜、母が改まった顔で話し出した。父の胸《むね》の手術が四月二五日に決まったと役場に境谷《さかいや》先生から電話がかかったという。幸いなことに、境谷先生の師匠《ししょう》が東京から九大《きゅうだい》病院にきて、自分で手術をしてくれるというのだ。父の手術が、九州で肺《はい》を切って結核《けっかく》の治療《ちりょう》をする第一号なのだそうだ。そして、

「師匠《ししょう》の執刀《しっとう》で、ぼくが助手を務めますからね、心配いりませんよ。ただし、その後の経過を見させてもらいたいので、半年ほど病院で預からせてください。見ちがえるほど元気バリバリにしてお返ししますけん。どうせ公職追放中だから仕事はでけんでしょう」

と笑いながら、そういわれたそうだ。

母は父の手術の二日前、たくさんの荷物をふりわけにかついで参道を下っていった。

それからの五日間は、手づくりのカレンダーに房江姉《ふさえねえ》さんが家に帰ってきて書いた「父手術」という字を、学校に行く前も夕ご飯《ゆうはん》のときも朝晩見《あさばん》て過ごした。父にふとんからけり出《だ》されたあの夜のことはだれにも話さなかった。三人姉妹は肩《かた》を寄せ合って過ごした。

手術の翌々日《よくよくじつ》の夕方、「電報」という声に房江姉《ふさえねえ》さんの顔色がさっと変わった。

電報を受け取った手がふるえている。

「お姉《ねえ》さん、お父《とう》さん自身が決めたことよ。それぞれの人生よ……」

「うん、あたしもそう思うことにしとるけど……」

房江姉《ふさえねえ》さんがうなずいた。そしてゆっくり電報を広げて、おそるおそる読み上げる。

「シュジュツ　セイコウ　チチゲンキ　マツジツカエル　ハハ」

あゆみは電報のカタカナの字を、目に焼きつけるように一字一字読み返した。ボト、ボト、ボト、文字に涙《なみだ》がしたたり落ちた。

「あゆみちゃん、あのな……」

学校の帰りに力男《りきお》さんが後ろから話しかけてきた。

「あら、今日はクラブ活動ないの？」

「うん、いやあ……あのな、おれたちなあ、突然《とつぜん》やけど、ひっこさんならんのよ」

「えーっ、ひっこしするん。なんでよ、なんで。おじさんの仕事の関係？」

「いいや、ちょっとちがうばってな……おれたちはチョーセンジンたい」

「え、ええ、知っとったよ。朝鮮《ちょうせん》からきなさったってこと。それでなんでひっこすんよ。朝《あさ》子《こ》ちゃんも力男《りきお》さんも友達になれて、あたし、ほんとにうれしいのに……」

「なんや、知っとったんか、あゆみちゃん。おれたちは、チョーセンに帰るんじゃって」

「そーう。行ってしまうの。海の向こうのあの朝鮮《ちょうせん》だったら、簡単《かんたん》に遊びに行けないね？」

「うん、そう。国からむかえの船が門司《もじ》にくるんで国に帰るち、父《とう》ちゃんがな」

「信じられない。ほんとに朝鮮《ちょうせん》にひっこすの？　おじさんは山仕事で炭鉱よりお給料もいいって、おばさんも喜んどらしたのに」

「うん。おれも朝子《あさこ》もな、ここがいちばん気に入っとるんよ。英彦山《ひこさん》がな。家は子ども部屋があるし、裏《うら》にゃ畑もある。山にゃたきものもある。あゆみちゃんのような友達もおって、おれはうれしかと。ばって、国に帰らにゃいかんち父《とう》ちゃんがいいよる。なしかちいうとな、朝《ちょう》鮮《せん》は日本にずーっと占領《せんりょう》併合《へいごう》されとったやろ。それが日本人が引《ひ》き揚《あ》げてしもうたら、あとはめちゃくちゃになっとるげな。そいで父《とう》ちゃんたちが国に帰って、立派《りっぱ》な国に立て直さんならんげなたい」

「そう。そういうたら、うちのお父《とう》さんたちも、ボルネオで同じようなことを話し合《お》うたっていうとったよ。うちの父は病気になったけど」

「ばって、手術は成功したっちゃろう。元気になんなさるよ、きっと」

「うん、そう思うことにしとるんよ、家のみんなも」

「なるなる。絶対なるよ。元気だしいよ、あゆみちゃん」

「そうね、これからあたしたちの人生が開けていくんだもんね、イモみたいに。また山のようにイモがとれる」

「そうそう、サツマイモたいね。イモヅルささないかんよ、あゆちゃん」

「うん。力《りき》ちゃん、イモつくるよ、いっぱい。ありがと……」

二人は顔を見合わせて、ちょっと笑った。しかし、あゆみの胸《むね》の中には何ともいいようのないざわめきが起こり、こみ上げてきそうになった。力男《りきお》さん、行ってしまうんだね、お国に帰るんだもの、もう英彦山《ひこさん》には帰ってこないのね。

このごろはすぐ涙《なみだ》が出そうになる。あゆみはやたらと足を速めて、銅《かね》の鳥居《とりい》への山道を上っていった。しかし、角を曲がったとき、あゆみの足は止まっていた。あわてて涙《なみだ》をこすりとる。

道の真ん中で足をふんばった。

「ね、力《りき》ちゃん、朝鮮《ちょうせん》に帰ってしまったらもう会えないってことはないと思う」

「えっ、そりゃまあ……」

「いつか会える。そうよ、いつかきっとまた会える」

あゆみの声がひびいた。力《りき》ちゃんがうなずくのがわかった。

坂井ひろ子（さかい ひろこ）

1936年、福岡県に生まれる。児童文学の創作とともに、その研究と普及にたずさわっている。

『走れ！車いすの犬「花子」』（偕成社、1987年）でサンケイ児童出版文化賞奨励賞、『むくげの花は咲いていますか』（解放出版社、1999年）で部落解放文学賞、『1945 保戸島の夏』（解放出版社、2011年）で久留島武彦文化賞（日本青少年文化センター主宰）を受賞。『ありがとう！山のガイド犬「平治」』（偕成社、1989年）、『盲導犬カンナ、わたしと走って！』（偕成社、1992年）の２作品は映画化された。

日本児童文学者協会会員。

あゆみ

2018年７月30日　初版第１刷発行

著者　坂井ひろ子

発行　株式会社 解放出版社

大阪市港区波除4-1-37 HRCビル３階 〒552-0001
電話 06-6581-8542　FAX 06-6581-8552
東京事務所
東京都文京区本郷1-28-36　鳳明ビル102A 〒113-0033
電話 03-5213-4771　FAX 03-5213-4777
郵便振替 00900-4-75417　HP http://www.kaihou-s.com/

印刷　株式会社 太洋社

ISBN978-4-7592-5039-8　NDC913　228P　21cm
定価はカバーに表示しています。落丁・乱丁はお取り換えいたします。

障害などの理由で印刷媒体による本書のご利用が困難な方へ

本書の内容を、点訳データ、音読データ、拡大写本データなどに複製することを認めます。ただし、営利を目的とする場合はこのかぎりではありません。

また、本書をご購入いただいた方のうち、障害などのために本書を読めない方に、テキストデータを提供いたします。

ご希望の方は、下記のテキストデータ引換券（コピー不可）を同封し、住所、氏名、メールアドレス、電話番号をご記入のうえ、下記までお申し込みください。メールの添付ファイルでテキストデータを送ります。

なお、データはテキストのみで、写真などは含まれません。

第三者への貸与、配信、ネット上での公開などは著作権法で禁止されていますのでご留意をお願いいたします。

あて先

〒552-0001 大阪市港区波除4-1-37 HRCビル3F 解放出版社

『あゆみ』テキストデータ係

テキストデータ引換券
『あゆみ』
5039